Lu

Chères lectrices,

Noël. Ce seul mot suffit à nous replonger dans le monde de notre enfance. Il nous rappelle ces moments magiques où nous attentions, émues et impatientes, qu'on nous autorise à nous rendre au pied du sapin pour y trouver les cadeaux que le père Noël y avait laissés pour nous. Les mains tremblantes d'excitation, nous déchirions le papier cadeau pour découvrir la poupée de nos rêves.

Bien sûr, nous ne rêvons plus de poupées aujourd'hui, mais nous nous réjouissons de voir le visage radieux des enfants qui nous entourent lorsqu'ils déballent leurs cadeaux au matin de Noël. Et puis, ces journées particulières ne sont-elles pas le moment idéal pour rêver d'amour ? Car en contemplant les rues illuminées, les magasins aux vitrines décorées, les gens qui s'y pressent pour trouver ce qui fera plaisir à ceux qu'ils aiment, on se dit que si Noël est vraiment une saison féerique et lumineuse, c'est bel et bien grâce à l'amour.

Excellente lecture !

La responsable de collection

Un irrésistible inconnu

JODI DAWSON

Un irrésistible inconnu

COLLECTION AZUR

éditions Harlequin

*Cet ouvrage a été publié en langue anglaise
sous le titre :*
HER SECRET MILLIONAIRE

HARLEQUIN®

est une marque déposée du Groupe Harlequin
et Azur ® est une marque déposée d'Harlequin S.A.

*Toute représentation ou reproduction, par quelque procédé que ce soit, constituerait
une contrefaçon sanctionnée par les articles 425 et suivants du Code pénal.*
© 2003, Jodi Dawson. © 2006, Traduction française : Harlequin S.A.
83-85, boulevard Vincent-Auriol, 75013 PARIS — Tél. : 01 42 16 63 63
Service Lectrices — Tél. : 01 45 82 47 47
ISBN 2-280-20545-9 — ISSN 0993-4448

Danielle Michaels roulait sous la pluie battante au volant de la dépanneuse. Bien qu'il fût plus de minuit, il n'était pas question de rentrer sans avoir localisé l'automobiliste en difficulté. Une fois de plus, elle scruta l'obscurité à travers le pare-brise embué.

Rien. Pas la moindre voiture en vue.

— Papa n'a pas pu se tromper, j'en suis sûre…

Elle poussa peu après un soupir de soulagement en distinguant enfin une voiture grise dont l'arrière avait basculé dans le fossé.

Après s'être immobilisée près du véhicule en panne, elle sauta du marchepied et, après avoir fait le tour de la dépanneuse, tapa sur la vitre de la voiture accidentée. La vitre s'entrouvrit légèrement, laissant entrevoir dans l'obscurité la silhouette d'un homme en train de téléphoner. En apercevant Dany, il leva la main sans interrompre pour autant sa conversation.

Dany compta jusqu'à dix. « Le client a toujours raison », se répéta-t-elle tandis que la pluie glacée lui frappait le visage.

Au bout d'un moment, l'homme couvrit de la main le micro de son portable.

— Allez-y, vous pouvez déjà commencer à fixer le crochet pour me dégager, dit-il avant de remonter sa vitre.

Tiens donc ! Toute seule, elle n'y aurait jamais pensé !

Danielle tira ses gants de sa poche et les enfila, honteuse de sa mauvaise humeur. Elle n'avait aucune raison d'en vouloir à ce malheureux. Ce n'était pas sa faute si Derek, son ex-époux, l'avait appelée plus tôt dans la soirée ni si leur voisin, un certain Chester Bullop, ne cessait de harceler son père pour qu'il lui cède son affaire.

Après avoir reculé de manière à se mettre en position, elle jeta un coup d'œil à la voiture accidentée. Ce n'était pas le moment de l'abîmer. Jusqu'à présent, ses clients avaient toujours été satisfaits de ses services et elle n'avait pas l'intention que cela change. Distraitement, elle nota le papillon collé sur la vitre arrière. Il s'agissait d'un véhicule de location. Elle avait donc affaire à un touriste, un étranger peu habitué aux violentes chutes de pluie de la région.

Après avoir vérifié que le crochet était bien en place, elle commença à actionner le treuil. Au même instant, la portière du conducteur s'ouvrit et, un porte-documents à la main, l'homme courut jusqu'à la dépanneuse dans laquelle il s'engouffra tandis que Dany hissait la voiture sur la plate-forme.

Le mécanisme semblait un peu grippé. Elle le signalerait à Peter, l'employé qui secondait son père, songea-t-elle avant de vérifier que la voiture était bien arrimée. Pour le reste, elle aviserait demain, conclut-elle en s'empressant de regagner sa place.

— Merci pour le service, dit son passager sans lever les yeux des documents étalés sur ses genoux. Et maintenant, allons au garage le plus proche. Vous m'y déposerez.

Dany l'observa à la dérobée, à la lueur du tableau de bord. Il était brun et avait les cheveux trempés… Après avoir rejeté en arrière la capuche de son anorak, elle posa ses gants sur le tableau de bord.

— Pas de problème. Dites-moi juste où je dois vous laisser.

— Par le diable, mais…

Avec un sursaut, l'homme se tourna pour la dévisager.

— … Vous êtes une femme !

— Comme vous pouvez le constater.

A chaque intervention, elle avait droit à la même réaction et commençait à être blasée.

— Vous auriez dû me le dire. Je serais venu vous aider, continua-t-il gentiment.

Il avait les yeux d'un bleu profond et la regardait sans chercher à dissimuler sa curiosité.

Dany démarra et quitta le bas-côté.

— Vous ne sauriez pas vous y prendre, observa-t-elle. Et puis, si après quatre ans je n'étais pas capable de remorquer une voiture, j'aurais intérêt à changer de métier et à… à devenir esthéticienne, par exemple !

Comme sa plaisanterie ne le faisait pas rire, elle s'empressa de continuer :

— Comment avez-vous fait pour vous retrouver dans le fossé ?

Pendant de longues secondes, il n'y eut que le bruit du moteur et des essuie-glaces puis l'homme finit par répondre tandis que Dany avait les yeux fixés sur la route luisante de pluie.

— J'ai eu un moment d'inattention… C'est ce que disent tous vos clients, je suppose ?

— En effet. Personne ne reconnaît être en tort…

Tout en parlant, elle avait levé le pied de l'accélérateur. L'averse se transformait en véritable déluge. Pourvu que la rivière n'ait pas débordé !

— Je me présente… Hunter King. Et je suis le seul à blâmer pour ce qui s'est passé. Je jure bien de ne plus jamais répondre au téléphone lorsque je suis au volant !

— Je m'appelle Danielle Michaels mais en général, on m'appelle Dany. Etes-vous pour longtemps dans la région ?

— Je n'ai pas la moindre idée de l'endroit où je suis ! Ma carte n'est pas aussi détaillée que je l'aurais souhaité.

— Vous êtes dans les faubourgs de Sweetwater. Où vouliez-vous aller ?

— A Pars Crossing. Vous connaissez ? demanda Hunter d'un ton plein d'espoir.

Il avait une voix basse et sensuelle. Troublée, Dany réprima un petit frisson d'excitation avant de se reprendre. Voyons, il ne s'agissait que d'une simple question !

— Vous en avez encore pour une bonne heure, voire une heure et demie. Avez-vous quelqu'un à prévenir ?

Hunter hésita avant de répondre. On ne l'attendait pas, à vrai dire. Il n'avait averti personne de sa venue.

— Personne ne m'attend, dit-il enfin. Auriez-vous un hôtel à me recommander ?

Dany laissa échapper un petit rire amusé.

— Monsieur King, êtes-vous déjà venu à Sweetwater ?

Hunter aurait aimé l'entendre rire de nouveau : elle avait un rire absolument délicieux !

— Non. Pourquoi ?

— Ici, il n'y a ni hôtel ni pension de famille. Les seuls commerces sont mon garage, le restaurant de ma sœur, le magasin de livres d'occasion et le cabinet du dentiste qui vient une fois par mois.

Elle se tut et ralentit encore avant de poursuivre :

— De toute manière, si ce temps continue, vous n'aurez pas à vous soucier de trouver un hôtel car nous serons probablement forcés de dormir dans la dépanneuse.

Hunter leva un sourcil. Après tout, l'idée de passer quelques heures auprès d'une aussi jolie femme n'était pas pour lui déplaire. Bien que... elle devait être mariée et mère de famille !

— Et pourquoi cela ? s'enquit-il en l'observant à la dérobée.

Elle avait un nez légèrement retroussé et des lèvres pleines et sensuelles.

— La dernière fois où il a plu comme ça, la rivière est sortie de son lit. Dans le Colorado, les pluies de printemps se transforment souvent en véritables déluges, expliqua-t-elle en passant la tête par la vitre qu'elle venait d'ouvrir afin de juger de l'état de la chaussée.

— Bon... en admettant que nous arrivions en ville, connaissez-vous quelqu'un susceptible de me louer une chambre ?

Dany l'étudia du coin de l'œil, essayant de se faire une idée de sa personnalité.

— Nous avons bien une chambre d'amis… Elle est à votre disposition, ajouta-t-elle en heurtant du genou la colonne de direction.

Pourquoi était-elle si nerveuse ? A cause de la pluie, sans doute, et de la route détrempée.

— Je ne dirai pas non. Dès demain, je trouverai une autre solution… enfin, dans quelques heures, plutôt, conclut-il après un regard à sa montre dont le cadran brillait dans la pénombre.

Les yeux perdus au loin, Dany regarda sans la voir la pluie battre contre les vitres. Pourquoi avait-elle eu l'idée saugrenue d'offrir l'hospitalité à un inconnu ? Elle était plutôt bon juge de la nature humaine, mais dix minutes ne suffisaient sûrement pas à évaluer le caractère de quelqu'un.

Lentement, elle quitta la route pour tourner dans l'allée menant à la maison. Elle manœuvra prudemment : ce n'était pas le moment de démolir la barrière ! Bizarrement, elle se sentait stressée. La présence de l'homme assis à côté d'elle la troublait plus qu'elle n'osait se l'avouer. Que lui arrivait-il ? Ce n'était pas la première fois qu'elle effectuait un dépannage de nuit et, d'habitude, elle maîtrisait parfaitement la situation. Là, elle avait le cœur battant comme une adolescente. Si elle avait été là, Camille n'aurait pas manqué de se moquer d'elle !

Hunter glissa son portable dans la poche de sa veste avant de l'interroger.

— Sommes-nous arrivés ?

— Nous venons d'entrer dans la propriété, mais il reste encore trois kilomètres à faire.

— Ah… vous êtes propriétaire d'un véritable domaine !

— En réalité, rien ne m'appartient. La terre est dans la famille depuis plusieurs générations. Nous possédons une centaine d'hectares.

Hunter fit entendre un petit sifflement.

— Pas mal ! Habitez-vous toute seule ?

— Grand Dieu, non ! Je vis dans la maison principale avec mon père et mes enfants. Après l'avoir rénovée, ma sœur, Camille, s'est installée dans la maison des gardiens.

A ce moment, une longue demeure blanche apparut dans la lumière des phares.

— Nous y voilà !

— Et votre… je veux dire…, balbutia Hunter, embarrassé.

Dany comprit l'allusion ; elle avait l'habitude de ce genre de questions.

— Je suis divorcée.

— Je ne voulais pas être indiscret.

— Vous ne l'êtes pas. Et, comme ça, vous ne vous étonnerez pas d'être soumis à un véritable interrogatoire à l'arrivée.

Tout en parlant, elle avait coupé le contact. Pendant quelques instants, seul le bruit de la pluie sur le toit vint rompre le silence.

A la faible lumière de la porte d'entrée, Hunter la regarda sans dissimuler sa surprise.

— Un interrogatoire ? Comment ça ?

— Je n'ai encore jamais amené un homme à la maison au beau milieu de la nuit ! Enfin je veux dire…

Elle rougit et se tut.

Son passager lui adressa un chaleureux sourire.

— Ah oui, je vois.

Déjà, elle avait ouvert la portière.

— Allons-y. Je vais vous trouver une chambre avant le lever du jour.

Ensemble, ils bravèrent la pluie qui redoublait de violence et, d'un même élan, franchirent les marches du perron avant de s'ébrouer sur le pas de la porte.

Une main sur la poitrine, Hunter s'inclina en souriant.

— Jamais encore je n'avais rencontré de femme capable de me battre à la course.

— Normal. Je mesure un mètre quatre-vingts.

12

Etait-ce bien utile de souligner sa taille ? Oui, elle était grande, mais elle n'avait pas à en rougir ni à se sentir humiliée comme elle l'avait été naguère par les réflexions de Derek.

Le sourire de Hunter s'élargit.

— Quel plaisir de pouvoir regarder une femme dans les yeux sans attraper un torticolis !

Touchée par sa gentillesse, Dany lui rendit son sourire avant d'ouvrir la porte.

Hunter cligna des yeux et regarda autour de lui. Posée sur une console, une lampe en opaline blanche baignait la grande pièce d'une lumière douce. Les meubles cérusés se détachaient sur les murs peints d'un vert un peu passé. Dans ce décor hors du temps, Hunter éprouva un sentiment d'irréalité et d'extraordinaire bien-être.

— Vous pouvez suspendre votre veste au portemanteau derrière la porte, dit Dany en se débarrassant elle-même de son ciré ruisselant. Votre chambre est à l'étage. Mon père occupe le rez-de-chaussée à cause de ses douleurs aux genoux, continua-t-elle en se dirigeant vers l'escalier.

Malgré lui, Hunter ne put s'empêcher de la regarder, admirant la manière dont son jean étroit soulignait ses formes. Voyons… ses pensées n'étaient pas dignes d'un homme bien élevé. Elle avait la gentillesse de l'accueillir chez elle, ce n'était pas correct de l'observer d'un œil concupiscent. Décidément, il y avait trop longtemps qu'il n'était pas sorti avec une femme ! Quoique… ça n'aurait probablement rien changé, car la beauté de Dany ne pouvait laisser personne indifférent…

Lorsqu'ils furent arrivés sur le palier, elle ouvrit la première porte à droite puis alluma la lumière.

— La salle de bains est au bout du couloir. Je suis en face, si vous avez besoin de quelque chose, précisa-t-elle.

Une fois seul, Hunter posa son sac et se laissa tomber sur le lit. Distraitement, il se frotta les yeux sans cesser de penser à Dany. Le hasard n'avait pas si mal fait les choses en l'envoyant dans le fossé…

Secouant la tête, il décida de se concentrer un instant sur les sujets sérieux. Mais, pourquoi se tourmenter ? Au bureau, son absence passerait quasi inaperçue. A force de réorganiser son agence de communication, il n'avait pratiquement plus rien à faire.

Mort de fatigue, il ôta ses chaussures et ouvrit la porte. Après avoir jeté un coup d'œil à la ronde, il se dirigea vers la salle de bains. Dix minutes plus tard, il revenait dans sa chambre. Après avoir achevé de se déshabiller, il se glissa entre les draps qui fleuraient bon le grand air et le soleil. Avec délices, il remonta la couverture sur ses épaules et ferma les yeux avec un soupir d'aise.

Dany tenta de demeurer dans le rêve où elle se trouvait en compagnie d'un homme aux yeux d'un bleu profond. Mais la petite voix d'Emma dissipa les dernières brumes de sommeil.

— Maman, maman… viens vite ! Dépêche-toi !

A regret, Dany ouvrit les yeux, s'assit dans son lit et fit face à sa fille dont le visage en cœur exprimait un profond désarroi.

— Que se passe-t-il ? Où est ton frère ?

— Il monte la garde, expliqua Emma.

Avec un soupir résigné, Dany se décida à se lever.

— A quoi jouez-vous tous les deux ? Il n'est même pas 7 heures…

Au total, elle avait à peine dormi quatre heures.

— D'accord, ma chérie, reprit-elle plus doucement. Voyons un peu cette histoire…

Furieuse, Emma mit les mains sur les hanches.

— C'est pas une histoire ! J'ai appelé tante Camille. Elle a poussé un cri et a dit qu'elle venait, déclara-t-elle en sortant de la chambre.

Dany la suivit. Une fois dans le couloir, elle entendit des cris et des exclamations.

Que se passait-il donc ? Décidément, Camille n'était pas raisonnable ! Ce n'était vraiment pas l'heure de venir jouer avec les enfants ! Elle allait essayer de les calmer puis se remettrait au lit pour dormir encore une demi-heure. D'un geste machinal, elle repoussa ses boucles emmêlées avant de pousser la porte de la salle de bains.

Grand Dieu ! Avec un cri étouffé, Dany s'immobilisa sur le seuil.

Bien campé sur ses petites jambes, Drew pointait son pistolet en plastique sur Hunter debout dans le bac à douche. Une serviette nouée autour des reins, ce dernier se mordait la lèvre pour ne pas éclater de rire tout en levant les mains.

En entendant leur mère, Emma et Drew tournèrent la tête, guettant sa réaction.

— Je le tiens en respect, maman, annonça fièrement Drew. Je l'ai surpris en train de se servir de nos affaires !

Horriblement gênée, Dany dévisageait Hunter sans savoir où poser son regard, consciente que la serviette ne cachait pas grand-chose.

A cet instant, Emma glissa la main dans celle de sa mère.

— J'appelle la police si tu veux ? murmura-t-elle d'une voix pleine d'espoir.

Il ne manquerait plus que ça ! Toutes les commères du coin en feraient des gorges chaudes !

— Ce n'est pas la peine ma chérie, commença-t-elle.

— Au moins, oblige-le à nous rendre la serviette ! décréta Drew d'un ton autoritaire.

Horrifiée, Dany vit Hunter lever un sourcil comme pour lui demander son avis.

Il n'oserait tout de même pas ! songea-t-elle à l'instant précis où Camille arrivait à son tour, lui épargnant la peine de répondre.

2.

Les mains crispées sur la serviette qui lui ceignait les reins, Hunter s'efforçait de faire bonne figure. En face de lui se tenaient deux paires de jumeaux : deux jeunes femmes et deux enfants. Tout à coup, il avait l'impression de voir double.

Il finit par s'adresser à Dany qui le regardait d'un air interloqué.

— Vous avez oublié de signaler ma présence aux membres de la famille, semblerait-il…

— Comment aurais-je pu deviner que vous seriez sous la douche avant le lever du jour ? répondit Dany avec un petit sourire.

— Dany… si tu faisais les présentations ? suggéra sa jumelle en examinant Hunter avec des yeux semblables à des lasers.

Devant son regard scrutateur, Hunter dut lutter contre l'envie de croiser les bras sur sa poitrine pour se protéger.

— Eh bien… voici M. King. Je l'ai trouvé hier soir. Monsieur King, je vous présente mes enfants… Drew et Emma.

Dany se tut puis fit un signe de tête en direction de sa sœur avant de continuer :

— Et voici ma sœur, Camille.

— Comme ça, elle vous a « trouvé » ? répéta cette dernière.

Hunter serra la main qu'elle lui tendait d'un geste précautionneux tout en vérifiant que sa serviette était bien à sa place.

— C'est une grande première ! enchaîna Camille. Enfin… il

était temps que tu sortes du désert affectif qu'était devenu ta vie ! conclut-elle à l'adresse de sa sœur.

Conscient d'être en terrain miné, Hunter regarda tour à tour les deux femmes. Elles étaient jumelles, certes, mais tellement différentes ! songea-t-il en voyant le visage de Dany s'empourprer.

— Maman, il doit nous rendre la serviette ! intervint Drew, sérieux comme un pape.

« Compte là-dessus ! » se dit Hunter, les doigts solidement amarrés au fragile rempart qui protégeait son intimité.

Une main sur l'épaule de chacun des enfants, Dany les poussa vers la porte. Avec une seconde de retard, sa sœur leur emboîta le pas.

— Nous serons dans la cuisine, monsieur King, lâcha-t-elle avec un dernier coup d'œil dans sa direction. Désolée de vous avoir dérangé, conclut-elle en sortant de la pièce.

C'était une manière originale de commencer la journée, songea Hunter une fois la porte refermée.

Il se frictionna vigoureusement les cheveux puis, après avoir enduit son visage de mousse à raser, releva la tête et sourit à son reflet. Le spectacle de Dany dans sa chemise de nuit en coton blanc compensait largement l'intervention de Drew ! Tout homme normalement constitué ne pouvait que prendre plaisir à contempler chaque jour ses longues jambes et sa silhouette déliée ! se dit-il en passant distraitement la lame de son rasoir le long de sa mâchoire. L'apparition d'une goutte de sang au coin de sa bouche le tira de sa rêverie. Le moment était bien mal choisi pour se laisser aller à ses fantasmes !

Après avoir fini de se raser, il enleva les dernières traces de mousse de ses joues. Sans avoir des traits classiques, comme ne manquait jamais de le lui rappeler son frère, il n'était pas totalement dénué de charme. Mais, les circonstances étant ce qu'elles étaient, Hunter avait pour principe d'observer une certaine prudence dans ses relations avec les femmes. Du reste, peu d'entre elles trouvaient grâce à ses yeux : la plupart l'ennuyaient au bout de cinq minutes.

Une fois qu'elles avaient pris conscience de sa fortune et de son statut social, elles rêvaient généralement de lui passer la bague au doigt. Il aurait tout donné pour être aimé pour lui-même plutôt que courtisé pour son nom et sa réputation !

Ouvrant la porte, il jeta un coup d'œil dans le couloir. La voie semblait libre. Heureux d'échapper à une nouvelle agression, il alla se réfugier dans sa chambre où il enfila un jean et un pull avant de descendre l'escalier en se laissant guider par le murmure des voix et le parfum du bacon grillé. Il se sentait prêt à tout pour déguster un copieux petit déjeuner. Son dernier repas de la veille était loin, et il commençait à avoir des crampes d'estomac.

Dany poussa un cri de douleur et regarda son doigt, écarlate à l'endroit où elle venait de heurter la plaque brûlante de la cuisinière. L'image de Hunter, nu dans le bac à douche, la hantait encore, l'empêchant de se concentrer sur les tranches de bacon en train de griller. Rien d'étonnant : cela faisait des lustres qu'elle n'avait eu l'occasion de croiser un homme dans sa salle de bains, et Hunter n'avait rien de déplaisant avec ses larges épaules, son torse musclé et ses hanches étroites sous la serviette qui ne laissait pas grand-chose à deviner.

Voyons, inutile de rêver ! Hunter King était un client, un total inconnu. Dans quelques heures, il serait loin d'ici, songea-t-elle en étouffant un soupir de regret.

A cet instant, Camille vint se planter à son côté.

— Pourquoi ce gros soupir ?

— Je ne soupire pas. Je viens de me brûler.

— A d'autres ! Comme si tu n'étais pas en train de penser à ce type… et sans la serviette, je parie !

Horriblement gênée, Dany jeta un coup d'œil à Drew et à Emma occupés à faire du coloriage. Fort heureusement, ils étaient trop absorbés pour prêter attention à la conversation.

— Arrête ! C'est un client, c'est tout ! Et ne t'avise pas de jouer les entremetteuses ! ajouta-t-elle en retournant les tranches de bacon. De toute manière, il sera reparti avant que tu aies le temps de dire « ouf ».

Les yeux de Camille brillèrent d'une lueur malicieuse.

— C'est ce que nous verrons ! Cela m'amuse d'attendre la suite.

Exaspérée, Dany leva les yeux au ciel. Sa sœur ne prenait rien au sérieux : pour elle, tout était matière à plaisanterie. Elle avait raison, d'une certaine façon… Pour sa part, Dany avait perdu sa joie de vivre au cours des dernières années d'un mariage désastreux.

Elle tourna la tête en entendant un éclat de rire derrière elle et regarda ses enfants d'un œil attendri. De son point de vue, leur existence était un miracle permanent. Comment Derek pouvait-il se contenter de les voir une ou deux fois par an ? Même s'il n'était pas un père idéal, les enfants auraient eu bien besoin d'un modèle masculin…

Mais que fabriquaient-ils ? se demanda-t-elle comme ils riaient de plus belle. Intriguée, elle couvrit la poêle, baissa le feu et alla se poster derrière sa sœur et les jumeaux. Ils étaient en train de dessiner Hunter portant pour tout vêtement une serviette de toilette !

Dany toussota avant de demander :

— Le dessin est pour M. King ?

— Non, maman, c'est pour tante Camille. Elle a dit qu'elle regrettait de ne pas avoir eu son appareil photo, expliqua Drew d'un air innocent.

Elle jeta un coup d'œil à sa sœur.

— Tante Camille ferait mieux de s'occuper de ses affaires ! observa-t-elle d'un ton acerbe.

— Que vont faire les enfants, aujourd'hui ? s'enquit Camille, nullement troublée.

— Millie a promis de s'en occuper jusqu'à la fin de la semaine.

Si personne ne se décide à répondre à mon annonce, je vais avoir des problèmes.

— Pas facile de trouver quelqu'un prêt à venir s'enterrer dans notre belle région ! Que feras-tu, si personne ne répond ?

— Franchement, j'évite d'y penser ! répondit Dany en regardant les enfants ranger leurs crayons puis mettre les sets de table.

Leur bien-être était son principal souci, et ce problème de garde devenait obsédant.

— Pour le moment, papa n'est pas capable de faire plus. Quant à moi, je ne peux pas m'absenter. Il faut que je m'occupe du garage, tu le sais.

Camille lui tapota le bras.

— C'est grâce à toi, si l'affaire continue à marcher. J'ignore ce que nous ferions sans toi.

Touchée par la gentillesse de sa sœur, Dany cligna des yeux pour retenir ses larmes.

— Merci. Nous avons bien besoin de nous serrer les coudes.

Chaque fois que les difficultés menaçaient de l'engloutir, Dany puisait du réconfort dans l'affection des siens. Elle avait du travail et des enfants en bonne santé. Dans l'immédiat, c'était le principal…

A cet instant, Hunter s'arrêta devant la cuisine pour savourer les bruits et les parfums familiers. Il jeta un coup d'œil par la porte entrebâillée. Les enfants qui lui avaient si vaillamment fait face tout à l'heure étaient en train de mettre le couvert. Devant la cuisinière, les deux sœurs semblaient plongées dans une discussion animée.

En voyant Dany s'essuyer les yeux avec un coin de son torchon, il fronça les sourcils et se sentit soudain absurdement ému. A elle seule, cette fille était un fantasme ambulant — longues jambes, grands yeux, silhouette sculpturale… Tout aurait dû lui sourire. Alors pourquoi pleurait-elle ?

Soudain, il eut une illumination. Elle était seule à diriger l'entreprise familiale, tout en assumant par ailleurs la garde de ses enfants. N'importe qui aurait été épuisé ! Que faisait donc leur père ?

Hunter prêta l'oreille pour tenter de surprendre le reste de la conversation. Elle avait besoin d'une baby-sitter. Comment pouvait-elle espérer trouver quelqu'un dans cet endroit isolé ?

Il continua à l'observer pendant qu'elle finissait de préparer le petit déjeuner. Si seulement la réparation de sa voiture pouvait se prolonger ! Hunter passa distraitement la main dans ses cheveux. Mais enfin, à quoi pensait-il ? Ses cadres au grand complet l'attendaient pour l'examen annuel des comptes des filiales…

A cet instant, la petite fille se précipita dans les jupes de sa mère. Dany se pencha, prit l'enfant dans ses bras et la serra très fort. A cette vue, Hunter cessa de respirer.

— Attendrissant, n'est-ce pas ? murmura à son oreille une voix grave.

Hunter sursauta, confus d'être surpris en train d'espionner ses hôtes. Tournant la tête, il découvrit derrière lui un homme aux cheveux blancs. En dépit de son âge, celui-ci se tenait très droit et le dépassait de dix bons centimètres.

Avec un sourire, le nouveau venu lui tendit la main.

— Je n'avais pas l'intention de vous faire peur, dit-il. Je suis Amos Michaels, le père et grand-père de cette joyeuse tribu.

Hunter serra la main du vieillard.

— Bonjour, monsieur. Je m'appelle Hunter King.

Appuyé sur sa canne, Amos lui jeta un regard scrutateur.

— Sur laquelle de mes filles avez-vous jeté votre dévolu ?

— Je vous demande pardon ?

— Pas besoin de faire des manières ! Nous sommes entre hommes, n'est-ce pas ? Malgré mon âge, je ne suis pas aveugle. Essayez de ne pas la blesser, c'est tout ce que je vous demande !

Hunter haussa un sourcil.

— Qui ça ?

— Celle que vous épouserez.

— Qui parle d'épouser ?

— Coucher… épouser… peu importe, grommela Amos en se grattant la tête avant de pousser la porte de la cuisine.

Eberlué, Hunter le suivit des yeux. Dans quel guêpier s'était-il fourré ?

Après un instant d'hésitation, il rentra à son tour.

— Ah, vous voilà ! Rebonjour ! Vous étiez parfait tout à l'heure ! s'exclama Camille avec un sourire malicieux. Ce n'était pas nécessaire de vous changer pour nous !

— J'ai préféré réserver pour ce soir ma tenue habillée, répliqua Hunter en s'approchant de Drew. Tu as fait du bon travail, dit-il à celui-ci. Si j'avais été un méchant, je serais sous les verrous, maintenant, conclut-il en ébouriffant les cheveux du petit garçon.

Flatté, l'enfant bomba le torse. A cet instant, Emma prit Hunter par la manche pour attirer son attention.

— Monsieur King, je l'ai aidé. Vous vous en souvenez ?

Avec un sourire, Hunter se baissa pour se mettre à sa hauteur.

— Je m'en souviens parfaitement. Si tu n'avais pas été prévenir les grandes personnes, j'aurais pu m'échapper.

Emma rougit et fit entendre un gloussement de plaisir tandis que Dany toussotait pour tenter de cacher son émotion. Non content d'être sexy en diable, cet homme s'entendait à charmer les enfants !

— Monsieur King, permettez-moi de vous présenter mon père… Mais asseyez-vous, je vous en prie, ajouta-t-elle.

— Nous avons fait connaissance dans l'entrée, répondit Hunter en tirant une chaise.

— C'est exact, répondit Amos. Cette fois-ci, vous avez fait le bon choix, continua-t-il en regardant tour à tour Dany et Camille. Qu'elle que soit celle qui l'a ramené à la maison ! conclut-il avec un clin d'œil malicieux.

Camille se laissa tomber sur le siège le plus proche.

— Je n'y suis pour rien, papa. C'est Dany qu'il faut féliciter.

— Camille… tu devrais avoir honte… M. King est un client, tu le sais parfaitement ! s'écria Dany en s'asseyant à son tour. Je vous avais prévenu…, murmura-t-elle à l'adresse de leur invité.

Ce dernier rit sous cape.

— C'est vraiment… Il y a bien longtemps que je n'avais eu un réveil aussi mouvementé, je dois l'avouer.

A ces mots, Dany sentit un frisson descendre le long de sa colonne vertébrale. Pour couper court à la conversation, elle entreprit de servir les enfants.

Comme les plats passaient de main en main, ses doigts effleurèrent ceux de Hunter. Ce bref contact suffit à la faire rougir de nouveau.

Inconscient de son trouble, il lui demanda gentiment :

— Parlez-moi un peu de votre travail.

Elle regarda sa sœur comme pour quêter de l'aide, puis finit par répondre.

— En réalité, l'affaire appartient à papa. Je me contente de lui donner un coup de main.

Hunter hocha la tête. Après avoir bu une gorgée de café, Amos se pencha vers lui pour lui avouer à voix basse :

— En fait, ce que ma fille essaie de vous cacher, c'est que depuis ma crise cardiaque, c'est elle qui a pris la direction de l'entreprise.

— Papa, ce n'est que provisoire ! Le docteur a dit…

— Peuh ! Comme si les médecins y connaissaient quelque chose ! Moi, je me connais. Je suis vieux et fatigué. Je ne suis pas certain de vouloir me remettre à travailler. Après tout, la retraite pourrait avoir son charme et tu te débrouilles parfaitement toute seule.

Hunter vit la couleur déserter le visage de Dany. Elle semblait bouleversée. Quel était donc le problème ?

Après avoir respiré bien à fond, elle parvint à répondre d'un ton posé :

— C'est à toi de décider, papa. A toi de voir ce qui te convient le mieux.

Elle ne semblait cependant pas convaincue, songea Hunter en voyant ses épaules s'affaisser comme sous le poids d'un invisible fardeau. Pour un peu, il aurait été tenté de la réconforter, de… à quoi donc allait-il encore penser ? Les problèmes de Dany ne le regardaient pas : il avait bien assez de ses propres soucis !

— Maman, nous n'irons plus chez la vieille Millie, n'est-ce pas ? demanda à cet instant Emma la bouche pleine et les joues barbouillées de confiture de fraises.

— Millie n'est pas vieille, ma chérie… mais si, vous allez aller chez elle, répondit Dany en étouffant un soupir. Elle a toujours été très gentille avec vous.

— Oui, mais ça sent mauvais chez elle et puis elle ne peut ni courir ni jouer avec nous, dit Drew à son tour.

— Sa maison ne sent pas mauvais, Drew, elle sent la naphtaline, c'est tout ! expliqua sa mère en jouant distraitement avec son pain.

Avec un pincement au cœur, Hunter se souvint des boules de naphtaline chez sa grand-tante, lorsqu'il était enfant. Une fois tous les quinze jours, elle l'invitait à déjeuner. Il avait encore l'impression de sentir l'odeur du foie et des oignons mêlée au parfum entêtant de la naphtaline. Emma et Drew avaient le droit de protester. L'emploi de l'antimite par les personnes âgées aurait dû être interdit depuis longtemps !

— Nous aurons peut-être des réponses, aujourd'hui, enchaîna Camille avec un sourire forcé.

— Des réponses à quoi ? s'enquit Hunter en feignant l'ignorance.

— A l'annonce que nous avons fait passer. Dany cherche une garde d'enfants, expliqua Camille. Malheureusement, peu de gens semblent attirés par l'air pur et la vie champêtre au fin fond du Colorado !

Hunter toussota puis se tourna vers Dany.

— Et… euh… votre… le père des enfants ne pourrait pas…

— Non !

Les trois adultes s'étaient exclamés en même temps tandis que,

24

après un léger sursaut, les enfants continuaient à faire honneur à leur petit déjeuner.

— Il n'en est pas question ! reprit Dany d'une voix plus basse.

Bon. De toute évidence, sa question avait touché une corde sensible, songea Hunter. Le père des enfants ne semblait pas en odeur de sainteté dans le clan familial…, conclut-il sans chercher à analyser les raisons de sa satisfaction.

Comme Dany tendait une tartine à chacun des jumeaux, il proposa sans même réfléchir :

— Je pourrais peut-être vous aider…

Tous les yeux se tournèrent vers lui.

— Oui… allez-y, mon garçon, murmura Amos comme pour l'encourager.

Hunter se creusa la tête, en quête d'une illumination. Pourquoi avait-il jugé bon de se mettre en avant ? Comment reculer, maintenant que tout le monde attendait sa réponse ?

En fait, il n'avait pas la moindre suggestion. Pour la première fois de sa vie parfaitement organisée — et suprêmement ennuyeuse — il avait parlé sans prendre le temps de réfléchir. A présent, il s'en mordait les doigts. Décidément, il avait tout intérêt à s'en tenir à sa ligne de conduite habituelle et à éviter de s'engager à la légère. Il n'était pas doué pour l'improvisation.

Il posa sa fourchette sur son assiette et plia soigneusement sa serviette dans le vain espoir de gagner du temps. Malgré tous ses efforts, il ne voyait toujours pas l'amorce d'une solution. En désespoir de cause, il se jeta à l'eau.

— Je… j'ai plus ou moins besoin de faire un break… de prendre un congé sabbatique…

Interdit, il s'entendait parler sans pouvoir se contrôler. Qu'était-il en train d'inventer ?

— A vrai dire, je suis entre deux projets.

— Vous avez l'expérience du recrutement ? Vous sauriez nous trouver une garde d'enfants ? demanda Dany d'un ton peu convaincu.

— Non… non, pas exactement.

Camille se laissa aller contre le dossier de son siège sans chercher à dissimuler un sourire malicieux. Elle l'avait percé à jour et le regardait s'empêtrer dans ses propres inventions, se dit Hunter, furieux contre elle et contre lui-même. Eh bien, il allait lui montrer ce dont il était capable ! Ce n'était pas pour rien que, dans son domaine, Hunter King était considéré comme le numéro un !

A cet instant, son regard croisa celui de Dany et son cœur se mit à battre plus fort. Il voulait… non, corrigea-t-il mentalement, il avait besoin d'être celui qui lui apporterait un peu de réconfort. Seulement, il allait bien devoir admettre ses limites. Alors qu'il ouvrait la bouche pour se confesser, il vit la lueur d'espoir dans les yeux de Dany et changea d'avis. Non, il refusait de s'avouer battu. Pour lui plaire, il voulait se conduire en héros, être son sauveur, son preux chevalier !

— A vrai dire, j'ai une certaine expérience des enfants…

Bien sûr ! Dans toute son existence, il avait bien dû passer trois heures avec des enfants !

— J'étais précisément à la recherche d'un endroit tranquille pour me poser et réfléchir à mon prochain projet…

Les dés étaient jetés. Sans écouter la voix de la raison, il décida de faire taire sa conscience.

— Je vous propose un marché, dit-il en regardant Dany qui l'observait maintenant d'un air soupçonneux. En échange du gîte et du couvert, je me charge des enfants à mi-temps pendant les trois prochaines semaines.

Dany en resta bouche bée. Quant à Camille, elle faillit s'étrangler avec son café avant d'éclater de rire. Comme Hunter et sa sœur la dévisageaient, elle expliqua entre deux hoquets :

— Je ne peux pas m'en empêcher… Dany, si tu voyais ta tête !

— Ce serait un garçon au pair, maman ? s'enquit Drew d'un ton intéressé.

Dany regarda autour d'elle. Sa sœur, ses enfants, son vieux père, tout le monde était suspendu à ses lèvres dans l'attente de sa réaction. Pour sa part, Hunter aurait aimé pouvoir se cacher sous la table. Il souhaitait une réponse positive tout en la redoutant.

— Vous avez des références ? demanda-t-elle.

Grand Dieu ! Voilà qu'elle le prenait au sérieux ! Quelle réponse lui donner sans mentir de façon éhontée ? Jusque-là, il s'était arrangé pour rester au plus près de la vérité. Au fond, les références n'étaient pas un problème. Une fois prévenue, son assistante ferait le nécessaire pour lui en fournir de parfaitement convaincantes.

— Si j'ai des références ? Bien entendu, répondit-il avec aplomb. Je peux demander qu'on me les faxe. Quel est votre numéro ?

— Oui… non… ce n'est peut-être pas…

Dany se tut puis reprit d'une voix plus ferme :

— Il y a un fax au garage, mais ce n'est peut-être pas une bonne idée.

Emma se laissa glisser de sa chaise pour venir se blottir contre sa mère.

— S'il te plaît, maman ! Il n'est pas horriblement vieux et il ne sent pas mauvais !

— Et puis on pourra toujours avertir la police s'il ne fait pas l'affaire ! ajouta Drew avec un clin d'œil malicieux.

De mieux en mieux ! Voilà qu'on le traitait maintenant comme un criminel en puissance ! songea Hunter avec un brin de dépit.

Le regard de Dany alla de son visage aux yeux suppliants de ses enfants.

— Savez-vous faire la cuisine et un peu de ménage ?

— Bien sûr… enfin, je sais me débrouiller, affirma-t-il sans sourciller.

D'un geste machinal, Dany se mordilla la lèvre tandis que Hunter s'efforçait de détourner les yeux.

— Entendu, finit-elle par répondre.

Hunter laissa fuser l'air qu'il retenait dans ses poumons depuis un bon moment.

— Je vous prends une semaine à l'essai… à partir de demain, dès que j'aurai reçu vos lettres de recommandations, continua Dany qui semblait avoir mis ses doutes de côté. Allons, les enfants, plus qu'une journée à passer chez Millie ! conclut-elle gaiement.

3.

Après s'être excusé, Hunter regagna sa chambre pour téléphoner. Il n'avait pas de temps à perdre. Maintenant qu'il avait abattu ses cartes, il devait continuer la partie en se procurant au plus vite les papiers nécessaires.

Il appuya sur une touche et, après une brève sonnerie, reconnut la voix de son assistante, Hester Smith.

— Hester, c'est moi…

— Que se passe-t-il ? Je vous entends très mal…

Sans s'en rendre compte, il s'était mis à chuchoter.

— J'ai besoin d'un certain nombre de documents, reprit-il d'un ton normal. Un C.V. et des lettres de recommandations.

— De qui s'agit-il ? s'enquit-elle sans manifester le moindre étonnement.

— De moi.

A l'autre bout du fil, il entendit le combiné heurter le bureau. De toute évidence, pour la première fois de sa carrière, il avait réussi à faire perdre à Hester son flegme légendaire.

— C'est un peu délicat, Hester, et hautement confidentiel, continua-t-il en lui brossant un rapide tableau de la situation. Ne vous écartez pas trop de la vérité, mais essayez de l'édulcorer de manière à coller au profil du poste.

— Vous avez envie de vous reconvertir ?

Manifestement, Hester se faisait du souci pour son avenir personnel.

— En fait, je…

Que dire ? Comment lui expliquer sans paraître ridicule ?

— Disons que, officiellement, je serai en vacances pendant les semaines à venir. En cas d'urgence, vous pourrez me joindre sur mon portable.

— Et votre père ?

— Inutile d'entrer dans les détails. Vous lui expliquerez que je suis en congé et…

— … Monsieur ?

— Merci mille fois, Hester, conclut-il en mettant fin à la communication.

Bon, il avait réglé le plus facile, se dit-il en se frottant machinalement la joue. Comment allait-il maintenant se débrouiller pour tenir ses engagements ? C'est à peine s'il était capable de se faire une tasse de thé… comment pourrait-il assurer les repas de toute une famille ? Quant à son expérience des enfants, elle se limitait pour l'essentiel au visionnage d'une vidéo avec son neveu d'un an. Comment allait-il s'y prendre pour distraire toute une journée deux petits diables pleins de vitalité ?

Il ferma les yeux et respira bien à fond. Aussitôt, l'image de Dany s'imprima sur sa rétine, avec sa silhouette élancée et ses grands yeux capables de faire d'un homme son esclave consentant. Au premier regard, il avait été sous le charme. Les plans les plus fous ne lui faisaient pas peur s'ils lui permettaient de mieux la connaître. De plus, un peu de changement ne lui ferait pas de mal, songea-t-il dans le vain espoir de justifier une décision qui échappait à la raison.

Dany éprouvait-elle la même chose à son égard ? Il se posait la question. Si tel était le cas, il aurait au moins la certitude d'être apprécié pour lui-même et non pour sa fortune ou pour son statut social. Pour elle, il ne voulait être que celui qui veillerait sur ses enfants…

Un coup à la porte le fit sursauter. Comme si ses pensées avaient eu le pouvoir de la matérialiser, il découvrit Dany sur le palier.

— Tout va bien, monsieur King ?

— Oui. Vous recevrez mon C.V. avant la fin de la journée, expliqua-t-il en reculant pour la laisser entrer.

Après un coup d'œil en direction du rez-de-chaussée, elle pénétra dans la chambre de son invité.

— J'ai comme l'impression de vous avoir forcé la main. Vous êtes encore libre de refuser, vous savez, murmura-t-elle en rejetant ses cheveux en arrière avec nervosité. Les enfants n'en seront pas affectés. D'ici à deux jours, votre voiture devrait être réparée.

En dépit de ses affirmations, elle le fixait d'un regard implorant. Même s'il l'avait voulu, Hunter n'aurait pas eu le cœur de lui causer une déception.

— Je maintiens ma proposition. Je suis à votre service…

Elle rougit légèrement et baissa la tête tandis qu'il poursuivait avec un petit sourire :

— … pour garder les enfants.

— Les mauvaises langues auront de quoi parler ! Enfin… pour une fois, votre présence leur donnera un nouveau sujet de conversation et leur évitera de critiquer les fréquentations de ma sœur ! reprit Dany en venant s'asseoir sur le bord du fauteuil. Je ne vous l'ai pas dit… je ne voulais pas blesser mon père… mais il ne pourra pas reprendre ses activités avant un bon bout de temps. Il aimerait m'aider, naturellement, mais le médecin m'a déconseillé de lui confier les enfants.

— Ne vous inquiétez pas, répondit Hunter en avançant d'un pas. Dans l'immédiat, je ne vois qu'un problème à régler.

Inquiète, Dany se mordit la lèvre.

— Oui… et lequel ?

S'approchant encore, il vint se camper juste devant elle.

— Vous m'appelez « monsieur King ».

Interdite, Dany s'empourpra légèrement. Le voir si proche la troublait. Il émanait de lui quelque chose qui éveillait chez elle des sensations depuis longtemps oubliées. Que lui arrivait-il ? Elle n'allait tout de même pas craquer pour son employé de maison ?

Au prix d'un effort, elle parvint à se lever et à demander d'une voix ferme :

— Et comment dois-je vous appeler ?

— Par mon prénom… Hunter… si vous le voulez bien, murmura-t-il sans la quitter des yeux.

Sous son regard, Dany eut l'impression de fondre. Elle allait avoir trente ans et, pour la première fois de sa vie, faisait l'expérience du désir physique. Mais… ce n'était ni l'endroit ni le moment ! Elle avait déjà commis une erreur.

— Entendu, Hunter, et vous pouvez m'appeler Dany.

— Et les enfants ? Comment voulez-vous qu'ils m'appellent ?

— Comme vous le souhaitez.

Elle avait reculé en parlant jusqu'à heurter le bord du lit. En hâte, elle s'écarta pour aller vers la porte.

— Nous nous reverrons au dîner, dit Hunter comme elle avait déjà la main sur la poignée.

— Oui… oui… Ce sera parfait, répondit-elle, pressée de s'en aller.

Dans sa hâte, elle trébucha dans l'escalier et faillit tomber. Elle avait embauché un homme — un inconnu — pour garder ses enfants, et voilà qu'elle se sentait attirée par lui ! Comment, sans se trahir, allait-elle passer trois semaines à ses côtés ? A son trouble se mêlait une violente colère, contre elle et sa stupidité. Elle devait avoir perdu la tête ! Hunter le leur avait dit : il voulait simplement faire une pause. Il n'était pas en quête de l'âme sœur et, même s'il l'avait été, il n'aurait eu aucune raison de s'intéresser à une mère de famille ! Dans quelques jours, elle fêterait ses trente ans. Et lui, quel âge pouvait-il avoir ? Elle aurait été curieuse de le savoir.

Plongée dans ses pensées, elle poussa la porte de la cuisine.

En la voyant, Camille leva la tête.

— Alors ? Il n'a pas pris ses jambes à son cou ?

— Crois-le ou non, mais il est encore là ! riposta Dany en riant. Je ne lui donne pas longtemps pour regretter sa décision.

— Doucement, les filles, avec ce garçon. Il me plaît, même si je ne comprends pas totalement son comportement, intervint le vieil Amos en mettant un sucre dans son café. Emma et Drew… pas tant de bruit, s'il vous plaît ! Si vous n'êtes pas sages, je vais devoir sévir !

Tout en bavardant, Dany avait fini de débarrasser la table.

— Bon, nous partons dans cinq minutes. Je n'ai pas l'intention d'attendre les retardataires. Que fais-tu, Camille ? Veux-tu que je t'emmène ?

— Merci, ce n'est pas la peine. Ce matin, c'est Rita qui ouvre le restaurant. J'irai sur le coup de midi.

Camille se tut pour savourer une gorgée de café avant de continuer :

— Je vais voir. Il n'est pas impossible que je décide d'aider Hunter à s'acclimater…

Dany eut un pincement de jalousie. La simple idée de laisser sa sœur en tête à tête avec leur invité lui donnait envie de se faire porter malade pour rester à la maison.

Au prix d'un effort elle réussit cependant à se dominer.

— Bonne idée ! Vite, les enfants, nous allons être en retard !

Une fois dans la cour, heureuse de sentir sur son visage la fraîcheur matinale, Dany respira bien à fond. Sans cesser de jouer et de se chamailler, Drew et Emma coururent vers la camionnette.

— Attention à ne pas vous salir ! leur lança-t-elle.

La dépanneuse était couverte de boue. Elle en fit le tour pour examiner la voiture de Hunter. Il y avait de la tôle froissée, mais à part cela, le véhicule ne semblait pas trop endommagé. Tant mieux ! Hunter n'aurait peut-être pas eu les moyens d'assumer les frais de remplacement d'une voiture de location.

Elle grimpa dans l'habitacle et mit le contact.

— Dans une minute, il fera chaud, les enfants. Attachez vos ceintures et serrez-vous l'un contre l'autre.

— Maman ? commença Emma en lui jetant un regard curieux.

— Oui ? murmura distraitement Dany.

— Est-ce que M. King va s'occuper de nous ?

— Oui. C'est lui qui remplacera Millie.

Blottis l'un contre l'autre, Emma et Drew se mirent à chuchoter sur un ton animé. Au bout d'un moment, Drew leva les yeux vers sa mère.

— Tu le trouves appétissant ? s'enquit-il avec candeur.

— Appétissant ? Comment cela ? Tu parles de M. King ?

— Ou… i…

— Quand il s'agit d'un homme, on ne dit pas « appétissant », lui expliqua Dany. On dit « bien » ou « séduisant ». Pour ma part, je n'ai pas fait attention, continua-t-elle en mentant effrontément. Pourquoi cette question ?

— Parce que tante Camille a dit qu'il était bon à croquer, intervint à son tour Emma. C'est parce qu'elle le trouve séduisant ?

Mentalement, Dany maudit sa sœur.

— Exactement. M. King n'est là que pour trois semaines. Vous le savez, n'est-ce pas ?

— Oui, maman, répondirent les jumeaux d'une même voix.

— Ensuite, nous trouverons sûrement une vraie baby-sitter.

Dany l'espérait, en tout cas.

De la fenêtre de sa chambre, Hunter regarda la dépanneuse disparaître dans le lointain. L'eût-il voulu, il n'aurait plus eu la possibilité de revenir sur sa décision. Sans voiture, il était bel et bien piégé !

Vingt-quatre heures plus tôt, il incarnait le parfait exemple du dirigeant à qui tout réussit… ce qui ne l'empêchait pas d'être un parfait idiot, il devait le reconnaître ! En dépit de sa carrière, de sa fortune et de ses relations, il était malheureux, solitaire et insatisfait.

Il n'en avait pris conscience qu'en rencontrant Dany. Ses grands yeux noisette, son rire un peu rauque, lui avaient fait l'effet d'un véritable électrochoc. Il aurait été incapable de mettre des mots sur ce qu'il éprouvait, mais il voulait absolument se donner le temps d'analyser ses sentiments.

En sifflotant, il descendit l'escalier pour gagner la cuisine. Le moment était venu de se mettre à l'ouvrage.

A sa vue, Amos et Camille arrêtèrent de parler.

Bon. Mieux valait se préparer à un interrogatoire en règle, songea-t-il avec un peu de cynisme. La meilleure défense étant encore l'attaque, il s'assit à côté d'eux.

— Allez-y, le moment est venu de poser les questions. Alors… à qui le tour ? commença-t-il d'un air déterminé.

Camille faillit s'étouffer de rire.

— Au moins, vous ne manquez pas de courage ! Il faut vous l'accorder.

Hunter leva un sourcil en direction d'Amos.

— Et vous, monsieur… pas de questions ?

— Je vous en poserai deux, répondit Amos posément. Que faites-vous dans la vie lorsque vous ne vous amusez pas à jouer les gardes d'enfants, et laquelle de mes filles vous intéresse vraiment ?

Comme Camille dévisageait son père d'un air interloqué, il se tourna vers elle.

— Tu n'as pas remarqué sa montre, je suppose ?

Hunter jeta un coup d'œil à son poignet. Peu d'employés de maison pouvaient en effet se permettre de porter une montre de cette valeur.

— Je travaille dans la publicité et ma montre est un cadeau de ma mère.

— Et ma deuxième question ?

Malgré lui, Hunter eut du mal à cacher son embarras.

— Allons, papa… là, tu dépasses les bornes ! s'interposa Camille à son vif soulagement. Crois-tu vraiment qu'il lui a suffi d'un regard pour tomber amoureux de tes précieuses filles ? Ce genre de chose n'arrive que dans les romans ! conclut-elle avec un clin d'œil complice à Hunter.

Ce dernier renonça à chercher le sens de sa mimique. Dans l'immédiat, il avait d'autres soucis. Dany allait le tuer lorsqu'elle découvrirait qu'il ne savait ni cuisiner ni faire le ménage. Quant aux enfants, il en faisait son affaire ! Deux petits de cinq ans ne devraient pas lui poser trop de problèmes.

Déjà, Camille tournait les talons. Voyant qu'elle s'apprêtait à partir, Hunter mit son orgueil de côté et toussota discrètement.

— Camille...

Comme elle s'arrêtait, il continua, toute honte bue :

— Euh... dans votre restaurant, vous ne livrez pas de repas à domicile, je suppose ?

Amos se mit à rire.

— Vous ne savez pas faire la cuisine, n'est-ce pas ?

Hunter sourit à son tour. A quoi bon mentir plus longtemps ?

— En effet. Allez-vous me dénoncer ? poursuivit-il en regardant tour à tour le vieil homme et sa fille.

De nouveau, Camille éclata de rire.

— Non, ça promet d'être drôle... Pour rien au monde je ne voudrais manquer ça !

— Voilà ce que je vous propose, intervint Amos. Vous ne parlerez pas à Dany du cigare que je m'accorde de temps à autre, et je vous aiderai à préparer les repas. Je me débrouille gentiment.

Hunter vit Camille hocher la tête en signe d'assentiment.

— Marché conclu, dit-il en tendant la main à Amos.

Bon, il était sauvé... du moins dans l'immédiat.

— O.K., les garçons. Ce soir, j'apporterai le dîner, ce sera ma contribution à la conspiration, déclara Camille avant de sortir de la cuisine.

Après son départ, Hunter se mit en devoir de débarrasser la table.

— Où est le lave-vaisselle ? s'enquit-il en regardant sous l'évier.

— Nous n'en avons pas, expliqua Amos. Laissez-moi deviner... vous n'avez jamais fait la vaisselle de votre vie, n'est-ce pas ?

— Non, mais je l'ai vu faire...

Amos hocha la tête.

— Tout ça, c'est comme l'amour... en avoir entendu parler ne suffit pas, il faut de la pratique.

Hunter laissa fuser l'air qu'il retenait dans ses poumons. Il commençait à se faire aux manières directes de son hôte.

— Très bien. Par où faut-il commencer ?

— Pour cette fois, je vais vous montrer mais, en échange, je vous demanderai de fermer les yeux sur le whisky que je bois avant le dîner.

Hunter n'avait pas le choix.

— Entendu.

Deux heures plus tard, il avait les mains abîmées par le détergent et son jean était taché d'eau de Javel. Désespéré, il fit de nouveau appel à Hester Smith qui lui promit de faire le nécessaire pour lui envoyer des vêtements plus adaptés à ses nouvelles activités.

Tel qu'il était, il ressemblait à un épouvantail, se dit-il avec un certain dépit. Son aspect avait de quoi faire fuir n'importe qui !

Dany regarda les feuilles de papier sortir du fax... le C.V. et les références de Hunter. Voyons...

Adresse : Denver. Pourquoi pas.

Age : vingt-six ans. Catastrophe !

Vingt-six ans... Près de quatre ans de moins qu'elle. Elle se sentait horriblement vieille, tout à coup. Quelle sorte de femme était-elle pour éprouver du désir pour un enfant ? Enfin... peut-être pas un enfant, mais un garçon très jeune, en tout cas.

Quelle importance, en fait ? Elle l'avait engagé pour s'occuper des jumeaux, rien de plus. Vingt-six ans était l'âge idéal pour un jeune homme au pair !

Situation de famille : célibataire.

Enfants : sans.

Etudes : diplômé de l'administration des entreprises à Boulder, Colorado, maîtrise de commerce international à Harvard.

Il avait eu son bac à seize ans. Un vrai petit génie ! Pourquoi avait-il accepté cet emploi subalterne ?

Dany pianota machinalement sur le dessus de son bureau. Toute cette histoire lui paraissait bizarre. Qu'est-ce qui pouvait pousser un homme de ce niveau à s'attarder à Sweetwater ? De son côté, elle avait vraiment besoin de quelqu'un. En l'absence de son père, elle avait l'entreprise à faire marcher.

A cet instant, un coup frappé à la porte la tira de ses réflexions.

— Entrez.

— Que dirais-tu de sortir pour aller déjeuner avec moi ? lui demanda sa sœur.

— Depuis quand frappes-tu avant d'entrer ? s'enquit Dany, un peu surprise mais heureuse de la diversion.

La présence de sa sœur lui éviterait de penser à Hunter.

— Depuis aujourd'hui ! Alors ? Tu as faim, oui ou non ?

Comme Camille s'asseyait sur un coin du bureau, son regard se posa sur la liasse de documents étalés près d'elle.

— Alors ? Tu as reçu des renseignements sur cet homme providentiel ?

Dany esquissa une petite grimace. Dire qu'elle qui avait espéré oublier Hunter !

— Pourquoi ce soudain intérêt ?

— Je ne sais pas encore, répondit distraitement Camille. Voyons… célibataire… pas d'enfants…

— Tu sembles le trouver à ton goût, reprit Dany d'un ton égal.

Après tout, quelle importance si sa sœur avait jeté son dévolu sur le nouveau venu ?

— Ce serait peut-être la façon idéale de me débarrasser de Bill, répondit-elle tout en poursuivant sa lecture.

Outrée, Dany repoussa sa chaise et se leva brusquement.

— Bon sang ! Bill est fou de toi, il t'adore depuis le lycée ! En plus, c'est un beau parti, conclut-elle en prenant ses clés.

— Peut-être, mais il est… comment dire… prévisible. Je le connais depuis tellement d'années !

— Et c'est un défaut ? continua Dany tout en ouvrant la porte. Allons déjeuner. C'est toi qui invites, puisque tu es venue me chercher.

Camille mit les papiers dans son sac avant de lui emboîter le pas.

— Où veux-tu aller ?

— A part la maison et ton restaurant, le choix est limité. Disons… le restaurant.

— Le meilleur établissement de toute la région, tu peux me faire confiance !

— Vraiment ?

Camille jeta à sa sœur un coup d'œil malicieux.

— Tu sais quoi ? La prochaine fois, j'accepterai l'invitation de Bill à condition que tu te joignes à nous.

Stupéfaite, Dany s'arrêta net pour la dévisager.

— Oh non ! Tu ne m'auras pas deux fois !

— Comment aurais-je pu deviner que le garçon que je t'avais présenté avait un petit faible pour les serpents ?

— Un petit faible ? Tu as déjà rencontré un homme qui t'invite à dîner et vient avec son boa apprivoisé ?

— Non, je dois l'avouer.

Tout en parlant, les deux sœurs étaient arrivées devant le restaurant. Camille reprit, en poussant la porte d'entrée :

— La prochaine fois, je promets de te trouver quelqu'un de plus conventionnel.

Il n'y avait encore personne. Dany se glissa sur la banquette la plus proche du bar en soupirant. Les probabilités pour que Bill continue à inviter sa sœur étaient pour ainsi dire inexistantes. Après ses rebuffades incessantes, il aurait fallu qu'il soit un peu masochiste pour s'entêter.

— D'accord. La prochaine fois que tu accepteras l'invitation de Bill, je viendrai avec toi, dit-elle, convaincue de ne prendre aucun risque.

— Marché conclu ! répliqua Camille en s'approchant du comptoir. Bonjour, Rita ! Aurais-tu la gentillesse de nous apporter le plat du jour ?

Un sourire illumina le visage de la serveuse.

— Bien sûr, puisque tu te décides enfin à nous faire l'honneur de ta présence !

— Je suis là, et c'est le principal.

— Peut-être, mais du mauvais côté du comptoir ! riposta Rita avant de disparaître dans la cuisine.

Après son départ, Camille s'installa en face de sa sœur et sortit de son sac les documents concernant Hunter.

— Bon… essayons d'en savoir davantage sur cet homme tombé du ciel !

— Tu exagères, tu ne crois pas ?

— Bof…

Au même instant, Rita revint chargée de deux assiettes d'où s'échappait un délicieux fumet.

— Tu n'as pas mis trop de sauce ? s'inquiéta Dany.

— Grand Dieu ! Qu'est-ce que vous avez toutes à vouloir maigrir ! s'exclama la serveuse en pivotant avant de s'éloigner en faisant onduler ses hanches généreuses.

Dany commença à manger. Comme d'habitude, la cuisine de Rita était délicieuse. Elle faisait honneur aux petits légumes accompagnant le sauté de veau lorsque la cloche d'entrée tinta. Levant les yeux, elle reconnut Bill, le shérif de la petite ville.

Camille regarda derrière elle puis adressa à sa sœur un clin d'œil complice.

— Qu'en penses-tu ? Tu paries ? Je le décide à m'inviter ?

Déjà Bill s'approchait pour les saluer.

— Mesdames… comment allez-vous ? Permettez-moi de m'incliner devant le charme et la beauté.

Dany eut soudain l'impression de mâcher un morceau de carton tandis que Camille répondait sans se laisser décontenancer.

— Vil flatteur, va ! Tu t'assieds avec nous ?

Bill parut surpris de l'invitation.

— Merci, mais je ne peux pas m'attarder. Je suis venu acheter un sandwich et je repars au bureau. J'ai une pile de dossiers en retard.

— Tu travailles beaucoup trop. Tu devrais penser à te distraire de temps en temps !

Dany eut l'impression de voir les rouages du cerveau de Bill se mettre en mouvement. Comment allait-il réagir ? Allait-il prendre le risque d'un nouveau refus ou se retirer dignement ?

— Es-tu libre vendredi soir, Camille ? demanda-t-il d'un ton égal.

— Pourquoi cette question ?

Décidément, il n'avait peur de rien ! Sans s'émouvoir, il posa la main sur le dessus de la table et inclina son grand corps pour dévisager Camille.

— Ce week-end, c'est la fête de la pomme de pin à Independent City. Je me demandais… accepterais-tu d'y aller avec moi ?

Dany retint son souffle tandis que sa sœur lui jetait un regard triomphant.

— J'en serais ravie, dit-elle avec un grand sourire.

4.

Dany pesta silencieusement tandis que le shérif sortait du restaurant avec son sandwich. Dans quel guêpier s'était-elle fourrée ?

Camille sourit tout en portant à sa bouche une feuille de salade.

— Tu vois, j'ai accepté !

— Ça va ! De qui s'agit-il ? Avec qui vais-je me retrouver, cette fois ?

— Franchement, je n'en sais encore rien. Je vais devoir y penser sérieusement.

Elle se tut et pinça les lèvres avant de conclure d'un ton désabusé :

— C'est un vrai problème, puisque tu t'es mis à dos la moitié des garçons de la région !

— Tout ça parce que je n'accepte pas...

— Parce que tu refuses toutes les invitations en dehors de celles que je parviens à t'imposer !

— Ah ! Tu me tyrannises, tu l'admets ?

— Bien sûr, sinon tu ne sortirais jamais !

— Quelle importance ? murmura Dany en repoussant son assiette.

— Comment ça « quelle importance » ? Tu es jeune, belle — même si ce n'est pas à moi de l'affirmer —, riposta sa jumelle avec un petit rire, et tu te conduis comme si tu avais fait vœu de chasteté !

Se penchant en avant, elle posa la main sur celle de sa sœur.

— Tous les hommes ne ressemblent pas à l'abominable Derek.

Dany sourit en entendant le surnom dont Camille avait affublé son ex.

— Je n'ai pas envie de tenter le sort et de faire un nouvel essai… surtout maintenant, avec Drew et Emma.

— Crois-moi, petite sœur : il y a sûrement un homme qui n'attend que toi.

Cette soudaine gentillesse ne présageait rien de bon, songea Dany qui n'eut pourtant pas le courage de décevoir sa jumelle.

— D'accord, mais… c'est bien la dernière fois que je parie avec toi ! Débrouille-toi pour me trouver un garçon à peu près sortable. Je compte sur toi.

— Pas de souci !

Loin de la tranquilliser, l'assurance de Camille ne fit que l'inquiéter. Qu'allait-elle encore bien pouvoir inventer ?

Hunter entendit le bruit d'une voiture dans le lointain. Dany ? Au fond, quelle importance ? se dit-il avant de se rendre à l'évidence. Qui espérait-il tromper avec ses faux-fuyants ? En fait, il mourait d'envie de la revoir, ne serait-ce que pour vérifier si ses sentiments pour elle étaient réels ou juste une illusion.

Au lieu de courir à sa rencontre, pourtant, il resta immobile à sa place. Il entendit la porte se refermer puis plus rien, le silence. Non, de toute évidence, ce n'était pas Dany.

— Il y a quelqu'un ? J'apporte le dîner.

Camille. Ouf ! il était sauvé !

— Je suis là !

Tout en parlant, Hunter avait plié les papiers qu'il tenait à la main. Il les glissait dans son porte-documents lorsque Camille fit son apparition.

— Que faites-vous ? demanda-t-elle en jetant à la ronde un

regard plein de curiosité. Les employés de maison ont des devoirs à faire ?

— Les employés de maison, je ne sais pas, mais les étudiants, certainement ! Qu'avez-vous apporté de bon ?

Camille examina ses vêtements pleins de taches avant de lui répondre.

— Qu'avez-vous fabriqué ? Vous avez l'air de sortir d'une bagarre... et d'avoir été battu à plate couture !

— Amos m'a montré deux ou trois petites choses, dit-il en haussant les épaules. Je ne suis pas très doué, je suppose.

Elle l'observa avec plus d'attention. Mal à l'aise, Hunter eut l'impression d'être un insecte sous le microscope. Que mijotait-elle ?

— Etes-vous libre vendredi soir ? finit-elle par demander.

Grand Dieu, voilà qu'elle l'invitait à sortir avec elle ! Comment allait-il s'en dépêtrer sans la froisser ?

— Je ne sais pas encore.

— Parfait. Vous n'êtes pas obligé, naturellement, mais j'aurais aimé vous confier les enfants. Nous avons prévu de sortir, et papa se couche de bonne heure.

— Bien sûr. Où allez-vous, si ce n'est pas indiscret ?

— J'ai rendez-vous avec l'un de mes amis et j'espère trouver un cavalier à Dany.

Machinalement, Hunter posa le porte-documents qu'il n'avait pas lâché. Tout ça ne lui plaisait guère, mais il n'avait pas le choix.

— J'espère que vous vous amuserez, murmura-t-il d'un ton peu convaincu.

— La question n'est pas là. Il s'agit d'inciter Dany à se remettre à vivre, à rencontrer un homme capable de la séduire, répliqua Camille en l'observant comme si elle était déçue par son manque de réaction.

— Elle n'aime pas sortir ?

— Elle déteste ça !

Tout en parlant, Hunter l'avait suivie jusque dans la cuisine.

— Qui sera son cavalier ?

— Je ne sais pas encore, murmura-t-elle en commençant à vider son sac à provisions. Depuis son divorce, personne n'a trouvé grâce à ses yeux.

Hunter commença à ranger les barquettes dans le réfrigérateur en demandant d'un ton faussement indifférent :

— Si je comprends bien, son mari et elle ne se sont pas séparés à l'amiable...

— A l'amiable ? En fait, Derek s'est désintéressé de toute la procédure. Il ne s'est même pas présenté à l'audience. Il avait un tournoi de golf ce jour-là, paraît-il. Au fait, jouez-vous au golf ?

— Un peu... assez mal, je dois dire.

— Tant mieux !

Camille posa un dernier paquet sur la table puis releva la tête pour dévisager son hôte.

— Qu'y a-t-il ? s'exclama-t-il, alarmé par la lueur malicieuse qui brillait dans ses yeux.

— Rien.

— Pas de ça avec moi ! A quoi étiez-vous en train de penser ?

Elle sourit.

— Je trouve ça bizarre, un homme avec votre pedigree qui accepte de garder des enfants...

— Pedigree ? A vous entendre, on pourrait croire que je suis un chien de race ! grommela Hunter en farfouillant dans un tiroir dans l'espoir de cacher son embarras.

— J'étais dans le bureau de Dany lorsqu'elle a reçu votre C.V.

— Et vous vous êtes senti obligée d'en prendre connaissance ?

Pourvu que Hester ait fait de lui un portrait flatteur !

— Bien sûr ! Je prends mon rôle de tante très au sérieux ! Je tenais à m'assurer que vous n'étiez pas un raté, diplômé ou non.

— Et qui vous dit que je ne le suis pas ?

— Avec un physique comme le vôtre, on n'est pas un raté. Dany a bien de la chance ! répliqua-t-elle en se dirigeant vers la porte.

Bouche bée, Hunter resta immobile à la dévisager.

— Je reviendrai ce soir pour goûter à ce merveilleux dîner. A votre place, pour plus de vraisemblance, je salirais deux ou trois casseroles…, conclut-elle avant de disparaître sur une dernière pirouette.

Dany ralentit pour s'engager dans l'allée. Il lui avait semblé que la journée n'en finirait jamais, entre les pièces de rechange égarées et la pile de dossiers à traiter…

— Maman, est-ce que M. King sera là ?

— Je suppose, Emma.

En fait, elle avait des doutes. Avec sa formation, quel homme normal accepterait de s'occuper de tâches ménagères pendant trois semaines ? Pourvu qu'il ne soit pas reparti ! pria-t-elle silencieusement.

Drew intervint à son tour.

— Je pourrai lui montrer mes filles ?

— Bien sûr.

Les « filles » de Drew étaient les poules dont il avait la charge. Tous les jours, il les nourrissait et ramassait les œufs en prenant son rôle très au sérieux.

Les dernières lueurs du couchant se reflétaient sur les vitres de la maison, remarqua Dany avec une certaine émotion. La maison… En dépit des années de collège où elle avait été en pension et de la période qui avait suivi son mariage, la ferme était restée son foyer, l'endroit où se réfugier lorsque la situation était désespérée. Malgré ses soucis actuels, sa vue suffit à la réconforter.

En distinguant la grande silhouette sur le perron, son cœur se mit à battre plus vite. Ce n'était pas son père, qui était plus voûté. Non, il s'agissait de Hunter. Immobile sur le seuil, il admirait le soleil en train de disparaître derrière les montagnes. Au bruit du moteur, il descendit les marches pour venir à leur rencontre.

46

Calme-toi ! s'ordonna-t-elle, honteuse de se sentir soudain trembler. S'il était là, c'était pour les enfants. Pourtant, c'était si bon d'être ainsi accueillie par l'homme dont elle avait toujours rêvé…

Dès que la camionnette fut arrêtée, Hunter ouvrit la portière du côté du passager.

— Je m'apprêtais à envoyer une mission de secours ! dit-il en attrapant Drew. Heureusement, je savais pouvoir compter sur toi.

Drew le regarda avec adoration.

— Oui, monsieur.

Tournant la tête, Hunter tendit sa main à Emma qui la prit sans la moindre hésitation.

Dany étouffa un soupir. Si seulement elle pouvait être comme eux, tout accepter sans se poser de questions ! Hélas ! dans la vie, les bonnes choses ont un prix, elle était bien placée pour le savoir.

— A maman, maintenant ! s'écria Emma.

Sans attendre, Dany ouvrit sa portière et sauta à terre.

— Pas question ! Je suis beaucoup plus grande que vous !

— Dieu merci ! déclara Hunter à voix basse.

Ne sachant comment l'interpréter, Dany préféra ignorer sa remarque. Déjà, Hunter continuait à l'adresse des enfants :

— Vous avez faim, j'espère ? Je vous ai préparé un dîner dont vous me donnerez des nouvelles, conclut-il en se dirigeant vers la cuisine.

Sur le seuil de la pièce, Dany s'immobilisa devant la table chargée de victuailles.

— Vous avez faim, j'espère ? répéta Hunter à son intention cette fois.

Sans répondre, elle arrêta les jumeaux qui se préparaient à s'asseoir.

— Vous vous êtes lavé les mains ?

Au même instant, Camille fit son entrée, suivie d'Amos.

— Hum… ça a l'air délicieux !

— Et ça sent rudement bon, ajouta Amos en prenant place à l'extrémité de la grande table.

Bras croisés, Dany observa tour à tour son père et sa sœur. Que se passait-il ? Elle avait l'impression de faire les frais d'une plaisanterie, sans être capable d'en saisir tout le sel.

Elle regarda Hunter qui aidait les jumeaux à s'essuyer les mains et nota l'état lamentable de ses vêtements.

— Que vous est-il arrivé ?

— Les travaux ménagers, répondit Amos à sa place. Viens vite à table, sinon ça va refroidir.

Dany s'assit à côté de Hunter et prit le plat que celui-ci lui tendait.

Camille fut la première à rompre le silence.

— Comment s'est passée cette première journée, Hunter ?

— Cette première journée ne compte pas puisque Drew et Emma n'étaient pas là… Avez-vous reçu les documents que vous attendiez ? ajouta-t-il avec un coup d'œil en direction de Dany.

— Oui, tout est en ordre, répondit-elle sans le regarder.

— Vous sortez demain soir, m'a dit votre sœur, enchaîna Hunter d'un ton qui se voulait indifférent.

— Oui… enfin… oui, je crois, balbutia-t-elle en se tournant vers Camille.

— Pas de souci, tout est sous contrôle ! Nous allons à la fête de la pomme de pin, à Independent City.

— Qu'entends-tu exactement par « nous » ?

— Toi, moi, Bill et Barney Purdy, lui expliqua Camille en se penchant pour aider Drew à couper son morceau de poulet.

Dany eut l'impression que son cœur s'arrêtait. Elle se souvenait vaguement de Barney Purdy. Au lycée, il était en terminale lorsqu'elle était en première et n'arrêtait pas de la taquiner.

— Quoi ? Barney Purdy ! Je le croyais parti s'installer au Kansas !

— Il est revenu pour voir ses parents. Je l'ai croisé à la poste, l'autre jour.

— Mais… comment… pourquoi ?

Vaincue, Dany se tut sans achever sa phrase. Une fois de plus, sa sœur l'avait piégée.

A son tour, Hunter prit la parole comme pour mieux retourner le couteau dans la plaie.

— Je me ferai une joie d'aider Amos à garder les jumeaux.

Camille enchaîna comme si de rien n'était, portant le coup de grâce :

— Tu sais, Barney n'est pas si mal depuis qu'il s'est fait refaire le nez et arranger les dents !

Hunter aurait voulu empêcher Dany de sortir de la maison. Rien ne l'avait préparé à la bouffée de jalousie qu'il éprouva en la voyant descendre l'escalier. La jupe en jean qu'elle portait pour se rendre à son rendez-vous dansait au moindre de ses mouvements, et son haut ajusté qui soulignait les courbes de sa poitrine. Bon sang ! Son cavalier allait être à ses pieds !

A cet instant, il nota sa pâleur. Elle n'avait aucune envie de quitter la maison, de toute évidence.

— Vous êtes ravissante, dit-il pour la réconforter.

Dany croisa son regard et rougit légèrement.

— Merci. Etes-vous bien sûr d'être prêt à garder les enfants ? Vous avez déjà dû les supporter une partie de la journée…

En réalité, tout s'était bien passé même s'il se sentait épuisé. Surveiller deux enfants de cinq ans n'était pas de tout repos, mais il avait l'impression de s'en être bien tiré.

Il s'apprêtait à répondre lorsque Camille apparut dans l'encadrement de la porte.

— Bravo ! lança-t-elle. Barney tombera sous le charme sans avoir le temps de dire « ouf » !

Malgré lui, Hunter ne put s'empêcher de froncer les sourcils.

Un peu gênée, Dany ignora la remarque de sa sœur pour se tourner vers lui.

— Je prends mon portable. N'hésitez pas à appeler en cas d'urgence.

En silence, il suivit les deux sœurs. Dany s'arrêta pour embrasser Emma et Drew, occupés à faire des découpages.

— Soyez sages. Et vous irez au lit lorsque M. King vous le dira. Dormez bien.

Depuis le perron, Hunter vit les feux arrière de la voiture de Camille disparaître dans le lointain puis il rentra et regagna la cuisine.

— Cette fête est un véritable événement, remarqua Amos qui sirotait son café. Vous n'y êtes jamais allé ?

— Non, répondit Hunter, debout devant la fenêtre.

— C'est à voir. En général, les enfants s'en donnent à cœur joie.

Où voulait-il en venir ? Soudain, Hunter eut une illumination. Le vieux filou ne lui livrait pas le fond de sa pensée ! Pour en savoir davantage, il ne lui restait plus qu'à entrer dans son jeu.

— Dommage de manquer ça, en effet.

Sensibles au changement d'atmosphère, les jumeaux regardèrent tour à tour les deux hommes.

— Ma vieille camionnette est dans la grange. Elle ne paye pas de mine, mais le moteur tourne rond, ajouta Amos en sortant de sa poche un petit cigare qu'il fit rouler entre ses doigts.

Décidément, le vieux forban plaisait de plus en plus à Hunter, avec ses plans tortueux.

— Qu'en dites-vous, les enfants ? Vous aimeriez aller à la fête ? demanda-t-il.

— On pourrait appeler maman pour lui demander, suggéra timidement Emma.

— Mieux vaut lui faire la surprise, décréta Hunter. Vous venez avec nous ? ajouta-t-il à l'intention d'Amos.

50

— Non, je n'ai pas envie de marcher et puis je vais profiter de ma tranquillité pour m'adonner à mes péchés mignons. Fumer un cigare et déguster un whisky.

— Les deux ?

Amos porta le cigare à son nez. Après l'avoir humé avec volupté, il acquiesça avec un sourire entendu.

— L'un ne va pas sans l'autre.

Ravi de l'aubaine, Hunter se tourna vers les enfants.

— Allons-y !

Etant donné l'affluence, les probabilités de rencontrer Dany et son cavalier étaient minimes… à moins de se montrer particulièrement vigilant, naturellement.

Dès leur arrivée, ils s'étaient trouvés pris dans une véritable marée humaine. Les rires et l'odeur du pop-corn avaient rempli Dany de nostalgie. Drew et Emma auraient été tellement contents d'être là avec elle !

Avec un sourire forcé, elle suivait Bill et Camille qui, contrairement à elle, semblaient vraiment s'amuser.

— Alors, j'ai dit à ma secrétaire de le prévenir que j'étais en conférence…

Depuis le début de la soirée, Barney Purdy n'avait cessé de pérorer. Avec une petite grimace, elle s'écarta comme celui-ci tentait une fois de plus de la prendre par le bras. Elle avait l'impression de passer son temps à fuir ses avances plus ou moins maladroites. Où aller pour trouver un peu d'intimité ?

Elle commençait à désespérer lorsqu'elle aperçut à quelques pas de là une petite construction dont la porte s'ornait d'une silhouette féminine. Sauvée !

— Si vous voulez bien m'excuser un instant, Barney… Allez avec les autres, je vous rejoins tout de suite.

Il eut une hésitation.

— Vous êtes sûre ?

— Tout à fait. Ne vous inquiétez pas ! répliqua Dany en s'éloignant.

Une fois dans le bâtiment, elle respira, soulagée.

De là où elle était, les bruits de la fête ne lui parvenaient plus que comme un murmure étouffé. Soudain, le grondement d'un moteur lancé à plein régime la fit sursauter.

De son côté, Hunter avait observé la retraite de Dany et vu son cavalier se perdre dans la cohue. Il jeta un coup d'œil aux jumeaux occupés à faire honneur à une barbe à papa puis se tourna vers l'endroit où Dany avait disparu. Il s'approcha un peu et vit la façade trembler tandis que, sur le côté, un énorme camion manœuvrait en donnant des coups de boutoir à la paroi en Fibrociment.

De toute évidence, le chauffeur n'avait rien vu. Même lorsque la légère structure se mit à osciller, il ne parut pas se rendre compte de ce qu'il faisait.

A l'intérieur, Dany poussa un cri en sentant le sol onduler sous ses pieds. Que lui arrivait-il ? Elle n'avait pourtant rien bu ni même rien mangé ! D'un geste instinctif, elle prit appui contre la cloison mais la sentit vibrer.

Non, elle ne rêvait pas, et elle n'avait pas le vertige. Le sol bougeait véritablement ! Elle esquissait un pas en direction de la porte lorsque l'édifice tout entier s'effondra comme un château de cartes. Etourdie mais indemne, Dany se retrouva assise par terre et regarda autour d'elle. Le mur du fond s'était abattu contre la cloison supportant le lavabo, rendant la porte inaccessible. La perspective de rester bloquée là le reste de la soirée n'avait rien de réjouissant. Dans combien de temps s'apercevrait-on de sa disparition ?

— Dany, vous allez bien ?

Incrédule, elle secoua la tête. Voilà qu'elle avait des hallucinations, par-dessus le marché.

— Dany ?

Cette fois, il n'y avait pas de doute : c'était la voix de Hunter, toute proche.

— Drew, Emma, allez vite chercher votre tante et son ami, regardez, ils sont là bas… et ne vous perdez pas !

Au bruit, Dany devina que les enfants s'éloignaient en courant puis Hunter reprit à son intention :

— Etes-vous blessée ?

— Non, je ne crois pas mais… que faites-vous ici ?

— Amos m'a convaincu d'amener les enfants. Bon, la porte est coincée. Ne bougez surtout pas. Les secours ne devraient pas tarder.

— Entendu. Que s'est-il donc passé ?

— Un camion a démoli le bâtiment en reculant. Vous n'avez pas de chance.

En dépit de l'inconfort de sa situation, Dany ne put s'empêcher de sourire.

— Vous avez raison, je n'ai vraiment pas de chance ! Chaque fois que j'accepte d'accompagner Camille, le mauvais sort semble s'acharner sur moi. La dernière fois, mon cavalier était venu avec un boa !

— Et avant ?

— Avant… je ne sais plus. Ah si… c'était un motard avec un superbe tatouage.

— Que représentait-il ? demanda Hunter avec gourmandise.

— Si je vous le dis, vous n'allez pas le croire.

— Dites toujours !

— Trois roses et l'inscription « A ma maman » !

— Un garçon romantique ! Il était sympathique ?

— Je n'en sais rien du tout. Je lui ai faussé compagnie sous un prétexte quelconque avant de m'échapper par la fenêtre du vestiaire. Naturellement, je ne l'ai jamais revu.

— Je vois, vous êtes la spécialiste de l'évasion, observa Hunter en pianotant contre la paroi. Soyez gentille… à notre prochain rendez-vous, si vous vous ennuyez, dites-le-moi franchement. Inutile de mettre votre vie en danger.

« A notre prochain rendez-vous ? » Avait-elle bien entendu ? s'interrogea Dany. Il avait donc envie de l'inviter ?

Au même instant, à l'extérieur, l'écho d'une cavalcade mit fin à ses interrogations.

— Maman, tu t'es pas fait mal ? balbutia Emma d'une voix mal assurée.

— Pas du tout, ma chérie, ne t'inquiète pas pour moi.

— Dany, dit sa sœur. Bill est là, avec moi. A nous tous, nous allons te sortir de là.

— Je vais les aider, maman, ajouta Drew avec fierté.

— Formidable, mon chéri !

— Allez… un… deux… trois !

Dany sentit toute la structure trembler et s'accrocha au lavabo pour se relever. Tout étourdie, elle vit la porte s'ouvrir et fut éblouie par l'éclair blanc d'un flash.

— Que se…

— Pas de photos ! s'écria Hunter en avançant la main.

Dany battit des paupières puis rabattit sa jupe qui découvrait ses jambes.

— Maman !

— Venez vite, mes chéris ! dit-elle en tendant les bras à Drew et à Emma.

Un peu plus loin, Hunter discutait avec Barney. Dany les vit échanger une poignée de main puis son cavalier s'éloigna sans se retourner. Quel mufle ! Il aurait pu au moins prendre de ses nouvelles !

Tendrement, elle repoussa les jumeaux qui étaient venus se blottir dans ses bras.

— Merci, mes chéris, je ne sais pas ce que j'aurais fait sans vous ! murmura-t-elle en cherchant du regard Camille en train de bavarder avec Bill. Soyez gentils… allez prévenir votre tante… j'aimerais rentrer à la maison, maintenant.

— Je vais vous raccompagner, intervint Hunter avec autorité.

Comme il avait le visage dans l'ombre, elle fut incapable de déchiffrer son expression.

5.

Dany regarda la main tendue de Hunter et hésita à la prendre. Au bout d'un instant, cependant, elle se décida à accepter son aide. Elle se leva puis essaya sans succès d'enlever la poussière qui maculait sa jupe. Lorsqu'elle prit conscience qu'elle serrait encore la main de Hunter, elle s'empressa de la lâcher.

— Vous m'avez tirée d'une situation bien embarrassante, dit-elle en rougissant.

Il sourit.

— On dirait.

— Je ne sais comment vous remercier.

Elle regarda Camille s'éloigner avec Bill et les derniers curieux.

— Vous n'avez pas besoin de me ramener à la maison, reprit-elle. Barney peut très bien…

— Son bureau vient de l'appeler. Il est déjà parti.

Le soulagement envahit Dany. Au moins, elle n'aurait pas à fournir la moindre explication à son encombrant cavalier.

— Alors, Camille…

— Je l'ai incitée à continuer à s'amuser. Elle n'a pas protesté, ajouta Hunter avec un petit sourire.

— Dans ce cas, les enfants, j'ai une proposition à vous faire, reprit Dany en se tournant vers les jumeaux qui la couvaient des yeux.

Que diriez-vous d'aller boire un verre de chocolat chaud pour nous remettre de toutes ces émotions ?

— Ouais !

Ravis, Drew et Emma se mirent à sautiller.

En les voyant rire et gambader, Hunter comprit ce que son frère s'était souvent efforcé de lui expliquer : le simple bonheur d'être parent.

Pour sa part, il conservait peu de souvenirs d'enfance. Il était allé en pension très jeune et ne rentrait chez lui qu'en de rares occasions. Le plaisir des jumeaux lui faisait chaud au cœur. Il aurait voulu en garder le souvenir pour le jour où il retournerait à sa vie habituelle qui, tout à coup, lui faisait l'effet d'un horrible cauchemar.

Il secoua la tête pour s'éclaircir les idées. Il avait encore trois semaines devant lui. Inutile donc de se faire du souci : mieux valait profiter du moment présent.

Dany sourit aux jumeaux et les prit par la main. Malgré lui, Hunter éprouva une sensation d'envie.

— Vous êtes prêt, monsieur… Hunter ? s'enquit-elle sans vérifier s'il les suivait.

Prêt ? Oui, il était prêt à tout tenter pour la séduire, songea Hunter en lui emboîtant le pas pour se diriger vers les lumières de la fête, le bruit et les manèges.

Un peu plus tard, ils regagnèrent la camionnette d'Amos. Le vieux tacot était assez vaste pour les accueillir tous les quatre. Aussitôt assis sur la banquette arrière, Drew et Emma se blottirent l'un contre l'autre et fermèrent les yeux.

Dany effleura le bras de Hunter.

— Vous avez réussi à les épuiser, on dirait, observa-t-elle gentiment.

— Bof… ces deux-là ont pourtant de l'énergie à revendre, répondit-il en l'aidant à s'installer.

Au moment de boucler sa ceinture, il la vit réprimer une grimace.

— Vous devez être moulue, reprit-il en faisant le tour du véhicule pour se mettre au volant.

— Oui, j'ai l'impression d'être passée sous un rouleau compresseur… Et tout ça pour échapper à un tête-à-tête qui devenait franchement embarrassant !

— Vraiment ? demanda-t-il en démarrant.

— Barney est très bien… en tout cas, pour celles qui aiment ce genre-là. Mais il n'est pas mon type, conclut-elle en regardant avec un sourire attendri les jumeaux profondément endormis.

— Vous avez des enfants merveilleux, murmura Hunter.

— Mes deux amours… Parfois, j'ai du mal à croire qu'ils sont vraiment à moi !

— La vie à la campagne paraît leur réussir… à vous aussi, d'ailleurs.

A la dérobée, il observa son profil puis détourna les yeux. Il avait intérêt à regarder la route, s'il ne voulait pas finir dans le fossé.

— J'ai vécu deux ans à Denver. Rétrospectivement, j'ai du mal à l'imaginer.

Dany prit conscience de ce que sa remarque pouvait avoir de désobligeant et s'empressa de rectifier.

— La vie dans une grande ville est très bien, certainement, mais ce n'est pas pour moi.

Hunter répondit sans quitter des yeux la ligne au milieu de la chaussée.

— Ce n'est pour personne, je crois. Pour ma part, j'ai besoin d'une certaine pression pour aller de l'avant mais, depuis que je suis ici, je commence à m'habituer au calme environnant.

— J'ai de la chance d'avoir une affaire qui marche pratiquement toute seule. Même si la charge de travail est parfois très lourde, je n'ai pas à faire face à de réels problèmes. De plus, je ne suis pas seule. Papa a une dizaine d'employés efficaces et dévoués.

Elle se tut puis poussa un soupir avant de continuer.

— Derek était prêt à tout pour réussir et gagner de l'argent. Le fréquenter m'a servi de leçon !

Hunter fronça les sourcils.

— A quoi faites-vous allusion ? A la vie citadine ou au comportement des jeunes loups aux dents longues ?

— Je déteste toute cette agitation, l'ambition, les conventions sociales… La plupart des gens sont superficiels : ils ne se soucient que des apparences. Pour moi, tout cela ne suffit pas.

— Je comprends.

Plus d'une fois, lui aussi s'était posé des questions sur ses choix professionnels et l'intérêt de ses engagements.

Dany repoussa ses cheveux en arrière et reprit d'un ton gêné.

— Je vous prie de m'excuser. Après tout, chacun est libre…

Hunter serra le volant au point de faire blanchir ses articulations. Dany semblait indifférente à l'argent et à la réussite. Quelle place pourrait-il avoir dans un pareil schéma ? Il n'avait pas de chance, pour une fois qu'il rencontrait une femme qui lui plaisait vraiment !

— Parlez-moi un peu de vous, poursuivit-elle. Qu'est-ce qui pousse un citadin comme vous à venir faire retraite à la campagne ?

Les mains toujours crispées sur le volant, Hunter paraissait ne pas avoir entendu la question.

— Hunter ? insista-t-elle, surprise par son silence.

Il toussa pour s'éclaircir la gorge avant de répondre.

— Il y a trois ans, j'ai pris la direction de l'entreprise familiale. C'est la première fois que je prends des vacances.

— Vous plaisantez, je suppose ?

— Comment ça ?

— Etre à son compte exige beaucoup de travail, je suis bien placée pour le savoir. Mais j'ai du mal à croire que vous n'ayez jamais pu vous accorder quelques jours de congés !

Du coin de l'œil, Hunter la vit appuyer la tête contre le dossier de son siège et dut refréner son envie de l'embrasser.

— Jusqu'à présent, la question ne s'est pas posée.

Dany ferma les yeux pour mieux savourer la douceur de sa voix.

— Et maintenant ?

Elle voulait vraiment tout savoir de cet homme séduisant.

Il hésita une fraction de seconde.

— Ma décision est le fruit d'un concours de circonstances et puis… cette région du Colorado est vraiment magnifique.

Il cherchait à éluder sa question, nota Dany bien résolue à ne pas se laisser détourner de son but.

— Jamais aucune de vos petites amies n'a réussi à vous convaincre de l'accompagner au ski ?

La question n'était pas très subtile, mais tant pis !

— Jusque-là, rien ne m'a donné envie d'abandonner mon train-train familier, répondit-il en se penchant pour mettre la radio.

Que pouvait-elle lui demander sans trahir ses véritables sentiments ? s'interrogea Dany tandis que s'élevaient les premières mesures d'un standard du jazz. Hunter n'était chez elle que pour s'occuper des enfants, elle ne devait pas l'oublier. Toute autre considération aurait été déplacée.

Quelques minutes plus tard, la voiture s'immobilisa sur le terre-plein à l'arrière de la maison. Après avoir coupé le contact, Hunter se tourna pour regarder Dany. Il avait posé le bras sur le siège, derrière elle, et sa main ne se trouvait qu'à quelques centimètres de son épaule.

Elle se redressa pour cacher son malaise. Elle ignorait tout de cet homme, si ce n'est qu'il avait un don avec les enfants, plaisait à son père et à sa sœur, et possédait d'excellentes références. En outre, dans la semi-pénombre, son regard avait quelque chose de fascinant, aurait-elle pu ajouter pour être parfaitement honnête. Comme il continuait à la dévisager, elle s'humecta les lèvres pour se donner une contenance.

— Vous êtes très belle, murmura-t-il.

Il avait parlé très bas, mais sa voix profonde et mélodieuse la fit frissonner. Que lui arrivait-il ? Elle se sentit soudain incapable de réfléchir sainement. D'un geste impulsif, elle inclina la tête et effleura ses lèvres d'un très léger baiser. Le souffle court, Hunter eut une brève hésitation puis l'attira à lui.

Dany aurait voulu le repousser. Au lieu de cela, elle se blottit plus étroitement contre lui sans cesser de l'embrasser. Jamais encore elle n'avait ressenti ce qu'elle éprouvait à présent, l'impression de flotter, de perdre son identité.

Comme Hunter se faisait plus insistant, elle tenta de se libérer puis, résignée, se laissa aller et s'abandonna au désir qui la consumait.

Hunter poussa un gémissement et lutta pour reprendre le contrôle de lui-même. Voluptueusement, il mordilla la bouche qui s'offrait à lui, savoura son très léger parfum de pomme et de cannelle.

« Doucement ! » se dit-il. Ce n'était pas le moment de l'effrayer mais il avait bien du mal à se dominer, il devait l'avouer. Déjà, l'embrasser ne lui suffisait plus. Il voulait davantage : il voulait la faire sienne, la posséder totalement, corps et âme.

A en juger par ses réactions, Dany non plus n'était pas insensible à son charme, songea-t-il avec un brin de fatuité.

Lentement, il laissa ses lèvres courir sur son visage puis s'arrêta à la base de son cou pour sentir la pulsation de son sang. Enivré par ce contact, il la serra très fort dans ses bras.

A cet instant, un soupir les fit sursauter. Avec un vague sentiment de culpabilité, Hunter s'empressa de se redresser sur son siège puis tourna la tête pour jeter un coup d'œil à l'arrière, où les enfants dormaient paisiblement.

Encore sous le choc de ce premier baiser, Dany passa une main tremblante dans ses cheveux en désordre. Tout comme Hunter, elle avait le souffle court. Un peu étourdie, elle prit conscience de la musique qui jouait en sourdine. Combien de temps étaient-ils restés enlacés ?

A quoi donc songeait-elle ? Sortie avec un homme, elle finissait la soirée dans les bras d'un autre ! Il fallait qu'elle ait perdu l'esprit pour accepter de donner ainsi libre cours à ses pulsions ! Pour elle, le temps du flirt était passé depuis longtemps : elle était mère de famille, à présent.

Elle ouvrit la bouche au moment précis où Hunter s'apprêtait à parler.

— Je vous prie de m'excuser ! dit-elle sans l'écouter. Je n'ai pas l'habitude de me conduire ainsi.

— Tant mieux !

Interdite, elle leva les yeux pour le regarder.

— Comment cela ?

Gentiment, Hunter lui caressa la joue du bout du doigt.

— Je n'aimerais pas savoir que vous acceptez d'embrasser n'importe qui !

Dany se sentit rougir. Que dire ? Comment lui faire comprendre ?

— Dans moins de trois semaines, vous serez reparti. Il n'est pas question de... je veux dire...

— Je sais, répondit-il très bas. Moi non plus, je ne suis pas du genre à me contenter d'une banale aventure. Pourquoi ne pas chercher à nous connaître mieux ? Après tout, rien ne presse. Nous pourrions essayer de devenir amis ? conclut-il en lui prenant la main.

Amis ? A ces mots, Dany eut l'impression que son cœur se brisait et vit s'envoler toutes ses illusions.

Les yeux fixés sur leurs doigts enlacés, elle répéta d'un ton rêveur.

— Rien ne presse ?

— Mais non !

Etait-il insensible ? Ne sentait-il donc pas son trouble, la force de son désir ?

— Très bien, acquiesça-t-elle en se dégageant. Soyons amis et allons mettre ces deux petits diables au lit.

Hunter lui décocha un sourire malicieux.

62

— C'est entendu. Chaque chose en son temps. Gardons-nous bien de brûler les étapes.

Il avait un sourire à damner un saint ! songea-t-elle en ouvrant la portière.

Aux premières lueurs de l'aube, Hunter se redressa dans son lit et mit sa tête sous l'oreiller. Il avait à peine dormi, et passé la nuit à se retourner, l'esprit encore rempli du souvenir de Dany.

Allez, un peu de tenue ! se morigéna-t-il. Tu as passé l'âge des rêveries érotiques !

Las de s'agiter sans trouver le repos, il repoussa son drap et se frotta les yeux pour dissiper les dernières images du rêve où il voyait les jambes de Dany nouées autour de sa taille et entendait ses cris de plaisir.

Furieux contre lui-même, il s'assit, prit le portable posé sur la table de chevet et appuya sur le premier numéro de sa liste.

— Oui... qui est à l'appareil ? lui demanda son frère.

— Brent, comment vas-tu, mon vieux ?

— Hunter ? Il est à peine 5 heures. Tu as intérêt à avoir une bonne excuse...

Brent était furieux et ne s'en cachait pas.

— Désolé. Je te dérange ?

— Attends... je vais dans la salle de bains pour ne pas réveiller Jenny. Elle n'a pas beaucoup dormi.

— Tout va bien ?

— Oui, mais Tom perce ses dents. Il a hurlé une bonne partie de la nuit.

— Pas de chance, mais c'est pour ça que je t'appelle.

— A cause des dents de Tom ?

Hunter imagina son frère en train de passer la main dans ses rares cheveux.

— Non… non… pas exactement. J'ai besoin d'un avis concernant un enfant.

Pendant quelques secondes, il n'y eut que le silence à l'autre bout du fil puis Hunter eut pitié de son frère.

— Rassure-toi, pas le mien, Brent. Celui d'un… d'une de mes amies.

— Tu as perdu la tête ? Tu m'appelles à 5 heures du matin pour m'interroger au sujet de l'enfant d'une amie ! s'exclama Brent d'un ton furieux. Tu as bu, ma parole !

— Non… je vais très bien. Je suis en vacances et j'aide une amie qui a deux enfants de cinq ans… des jumeaux.

Prêt à subir les inévitables moqueries de son frère, convaincu cependant qu'il serait de bon conseil, Hunter attendit.

— Quelle est cette plaisanterie ? Pour commencer, tu ne peux pas être mon frère. Hunter n'a jamais pris de vacances de sa vie !

La tête appuyée contre le montant du lit, Hunter se gratta la poitrine avant de lui répondre.

— Eh bien, il en prend, maintenant. Dis-moi… j'aimerais savoir ce qu'aiment les enfants de cet âge.

— De qui s'agit-il ? s'enquit Brent d'un ton sévère.

Et voilà ! Naturellement, il ne pouvait s'empêcher de mettre le nez dans ses affaires !

— De qui veux-tu parler ? répondit-il pour gagner du temps.

— De celle qui a su trouver le chemin de ton cœur et t'a fait perdre la tête.

— Pourquoi penses-tu qu'il y a une femme là-dessous ?

— Crache le morceau ou je raccroche !

— O.K… O.K. ! Il n'y a donc plus moyen de garder un secret ?

— Pas vis-à-vis de moi. Donc, tu l'as rencontrée ?

Mais de qui parlait-il ? Il ne connaissait pas Dany, c'était impossible !

— Attends… je ne comprends pas…

— Tu as rencontré la femme de ta vie, celle capable de bouleverser ton existence si bien organisée !

Brent avait raison, il était inutile de le nier.

— Oui, je l'ai rencontrée.

— Dieu merci ! Il était plus que temps que Cupidon te décoche enfin une de ses flèches…

— Inutile d'en rajouter, j'ai saisi !

— Quand aurons-nous le plaisir de faire sa connaissance ?

— Les choses sont un peu compliquées, avoua Hunter en se frottant le crâne d'un geste machinal.

— Evidemment ! Avec les femmes, elles le sont toujours.

— Elle ignore tout de mes sentiments. Moi-même, je ne sais pas où j'en suis exactement.

— Tu es fichu, mon vieux ! Finie la joyeuse vie de célibataire !

Brent se tut puis reprit plus sérieusement :

— Avant de faire ta demande en mariage, tu vas être obligé de la mettre au courant de deux ou trois petites choses, je suppose ?

— Ma demande en mariage ? Comme tu y vas ! Notre rencontre est toute récente ! En fait, je suis son employé…

— Depuis quand as-tu renoncé à diriger King Advertising ? J'ai la vague impression d'avoir manqué un épisode…

— Je n'ai renoncé à rien : je me suis juste accordé quelques jours de vacances. Dany avait besoin de quelqu'un pour garder ses enfants.

Hunter se tut en attendant la réaction de son frère.

Il y eut un long silence puis ce dernier se décida à parler.

— Pour garder ses enfants ? répéta-t-il d'un ton incrédule.

— Exactement.

— Tu t'occupes de son… de ses enfants. Combien sont-ils ?

— Deux… des jumeaux de cinq ans.

A cet instant, Hunter entendit vibrer les canalisations.

— La famille se réveille. Je dois y aller mais… tu n'as pas répondu à ma question.

— Ecoute… si ma mémoire est bonne, tu as été moniteur de

65

colonie de vacances, dans ta jeunesse. Souviens-toi de ce qu'aimaient les enfants.

— Ils étaient bien plus vieux !

— Fais marcher ton imagination ! Bon… tu me tiendras au courant de la suite des événements. Au fait, tu as prévenu papa ?

— J'ai chargé Hester de lui annoncer que j'étais en vacances.

Tout en parlant, Hunter s'était levé et commençait à s'habiller.

— Je compte sur ta discrétion, naturellement.

— Et Jenny ?

— Jenny ? Vous êtes mariés, c'est différent. Tu pourras rire de moi avec elle.

— Je me réjouis pour toi ! Je n'ai nullement l'intention de me moquer.

— Parfait ! Je t'appellerai d'ici à un jour ou deux.

Le sourire aux lèvres, Hunter reposa le combiné. En dépit des moqueries de son frère, il était heureux d'avoir un allié.

Dany ferma les yeux et laissa l'eau ruisseler sur sa peau nue. Inévitablement, depuis son réveil, ses pensées la ramenaient à Hunter. Il lui avait offert son amitié… Tant pis pour les fantasmes qu'elle aurait pu nourrir à son sujet ! En dépit du baiser qu'ils avaient échangé, il n'avait aucune raison de s'intéresser à une femme de trente ans, de surcroît mère de deux enfants. Enfin « intéressé », il l'était certainement, mais Dany n'était pas disposée à lui céder. Elle ne voulait pas prendre le risque de souffrir ni de faire souffrir ses enfants.

Après avoir fermé le robinet, elle prit le drap de bain et se frictionna vigoureusement avant d'aller se camper devant la glace. Une fois séchée, elle laissa tomber sa serviette pour étudier son reflet d'un œil sans indulgence. Pas mal ! se dit-elle. En dépit de ses maternités, sa silhouette avait à peine changé depuis sa sortie de l'université. Elle était encore désirable…

A quoi pensait-elle donc ! songea-t-elle, furieuse contre elle-même. En hâte, elle mit son peignoir et sortit de la salle de bains.

Le couloir était dans l'ombre et elle ne vit pas Hunter qui arrivait au même moment. Lui, par contre, aperçut ses jambes nues, le creux de son décolleté et sentit son pouls s'accélérer. Brent avait raison : il était fou amoureux de Dany. Que pouvait-il y faire ? Quelle que soit son envie, elle méritait mieux qu'un simple flirt, se dit-il en entrant à son tour dans la salle de bains où flottait encore la trace de son parfum. De toute évidence, elle n'avait toujours pas surmonté l'échec de son mariage. Avant toute chose, elle devait reprendre confiance en elle. Hunter se promit de s'y employer.

Les enfants dormaient encore, nota Dany en jetant un coup d'œil dans leur chambre que les premiers rayons de soleil nimbaient d'une lumière rose. Sans les réveiller, elle ressortit sur la pointe des pieds.

Elle refermait la porte lorsqu'elle sentit une présence derrière elle. Avec un petit cri, elle pivota pour se retrouver nez à nez avec Hunter. Avec un sourire, il mit son doigt sur ses lèvres et lui fit signe de descendre l'escalier.

Il n'y avait personne dans la cuisine. Apparemment, tout le monde dormait encore. Sans un regard pour Hunter, Dany mit la cafetière en route.

— D'habitude, les enfants se réveillent de bonne heure, balbutia-t-elle. Il est vrai que la soirée d'hier a été très excitante…

Hunter haussa les sourcils tandis que Dany rougissait en réalisant que ce qu'elle venait de dire pouvait avoir un double sens.

Pour se donner une contenance, elle commença à poser sur la table les tasses et les assiettes. Au bout d'un moment, elle se décida enfin à reprendre la parole.

— Je dois aller nourrir les poules, marmonna-t-elle en prenant sa veste suspendue derrière la porte.

Hunter lui jeta un regard étonné.

— Et Drew ? Je croyais qu'il s'en chargeait.

— D'habitude, oui. Mais aujourd'hui, je préfère le laisser se reposer. Ne m'attendez pas. Buvez votre café.

La porte de la grange s'ouvrit en grinçant. Dany fut enveloppée par l'odeur familière, un mélange de foin coupé et de poussière. Elle appuya sur un interrupteur pour allumer et mettre en marche la radio branchée sur sa station préférée.

— Allez, mes belles, venez voir ce que je vous ai apporté !

Tout en se trémoussant au rythme de la musique, elle remplit les mangeoires placées le long des travées puis commença à mettre les œufs dans son panier.

Resté seul, Hunter patienta quelques minutes avant de décider d'aller rejoindre Dany. En entrant à son tour dans la grange, il l'entendit fredonner. Au fond, entre les stalles, il distingua sa silhouette qui se balançait au rythme de la musique. De toute évidence, elle ne l'avait pas entendu arriver.

Le cœur battant, il l'observa un moment jusqu'à ce que la porte se referme derrière lui avec un claquement sec. Alertée par le bruit, Dany se retourna et resta bouche bée.

— Ne vous dérangez surtout pas pour moi, dit Hunter en avançant d'un pas.

— Vous avez fermé la porte ! s'exclama Dany d'un ton courroucé.

Que lui arrivait-il ? Elle avait l'air extrêmement contrarié.

Les mains sur les hanches, elle lui jeta un coup d'œil sévère.

— Le loquet est à l'extérieur.

— Oh… vous voulez dire que… nous sommes bloqués ici jusqu'à ce que quelqu'un vienne nous délivrer ?

— Exactement ! confirma-t-elle, les bras croisés.

La nouvelle fit sourire Hunter tandis que des images peu convenables lui traversaient l'esprit.

6

Luttant contre l'envie de l'insulter, Dany dévisagea Hunter. S'il ne l'avait pas suivie, s'il avait fait plus attention, rien ne serait arrivé. Mais connaître le coupable ne résolvait pas pour autant le problème. Elle espérait mettre un peu d'espace entre eux en sortant de la grange, mais à présent, elle était bien forcée de supporter sa présence.

Elle regarda autour d'elle avec l'impression bizarre que les murs s'étaient rapprochés. L'atmosphère était plus dense, tout à coup, l'empêchant de respirer. A la radio, le rythme de la musique avait changé pour faire place à une chanson d'amour.

Elle réfléchissait encore à la meilleure façon de tenir Hunter à distance lorsqu'il lui tendit la main.

— Vous dansez ?

Incrédule, Dany secoua la tête.

— Pardon ?

Il eut un sourire qui fit briller ses dents.

— Accordez-moi cette danse. Je ne vous mangerai pas.

Prise au dépourvu, elle regarda tour à tour sa main et ses yeux, hésitant sur la conduite à tenir. Après tout, danser ne l'engageait à rien. Son anniversaire était dans quelques jours, alors pourquoi ne pas considérer l'invitation de Hunter comme un cadeau qu'elle se faisait à elle-même, un souvenir à chérir lorsqu'il serait reparti ?

Docilement, elle prit sa main. Sans attendre, il l'attira et la serra contre lui, l'empêchant presque de respirer.

— Pas de panique, murmura-t-il devant son mouvement de recul.

Bouleversée, Dany tenta de protester.

— Je ne sais pas si…

— Arrêtez de vous tourmenter ! Il ne s'agit que d'une danse.

Ils se mirent à danser. Très vite, Dany cessa de lutter pour suivre les mouvements de son cavalier. Après tout, pourquoi ne pas profiter du moment présent ? se dit-elle, enivrée par le parfum de son eau de toilette mêlé à l'odeur de sa peau.

Hunter posa un très léger baiser dans ses cheveux, sur le sommet de son crâne. Comme elle fermait les yeux, il laissa courir sa bouche sur son visage avant de prendre les lèvres qu'elle lui tendait.

Les accents de la musique s'étaient faits plus suaves, plus envoûtants, comme pour les inciter à céder à la tentation. Hunter interrompit leur baiser puis, avec autorité, pressa Dany plus étroitement contre lui avant d'aller prendre appui contre le mur le plus proche.

Comme dans un rêve, Dany laissa courir ses doigts sur ses épaules. D'un geste fébrile, elle commença à déboutonner sa chemise pour toucher sa peau nue.

— Souhaitez-moi… un bon anniversaire…, balbutia-t-elle très bas.

— Quoi ?

— Je vous en prie ! reprit-elle en le regardant droit dans les yeux.

— Bon anniversaire.

Tête baissée, Hunter recommença à l'embrasser avant de glisser la main sous son T-shirt. Il effleura légèrement sa poitrine puis s'arrêta, dans l'attente de sa réaction.

Dany cessa un instant de respirer puis se laissa aller de tout son poids contre lui. Le désir transformait son sang en une lave brûlante. Jamais encore elle n'avait ressenti pour un homme ce qu'elle éprouvait en cet instant.

Hunter abandonna ses lèvres et inclina la tête. Doucement, à travers le fin coton de son T-shirt, il embrassa la pointe de ses seins. Avec un gémissement, Dany s'arqua contre lui, tout en lui faisant un collier de ses bras.

Submergée par un désir plus fort que la raison ou que son éducation, elle avait du mal à respirer, du mal à penser...

— Dany ?

D'un geste impulsif, elle lui offrit ses lèvres tandis que, les mains tremblantes, il s'efforçait de la déshabiller.

— Maman ?

En hâte, Hunter reboutonna sa chemise tandis que Dany tirait sur son T-shirt pour le remettre en place.

— Je... je suis là, mon chéri, réussit-elle à articuler.

Hunter la regarda. Sur son T-shirt, deux auréoles marquaient l'emplacement de ses seins.

Dehors, Drew s'escrimait avec le loquet.

— Votre T-shirt..., murmura Hunter en se plaçant entre la porte et elle.

Dany sentit la couleur déserter son visage. Elle n'aurait jamais le temps...

Drew secoua la poignée.

— C'est coincé !

Dany sortit les bras de son T-shirt tout en répondant à son fils :

— Je sais. Le loquet est bloqué. Essaie de pousser !

En silence, Hunter l'aida à faire tourner son T-shirt de manière à avoir le derrière devant. Comme elle lui offrait un petit sourire tremblant, il l'embrassa avec fougue avant de reculer.

A cet instant, la porte s'ouvrit avec un grincement sinistre.

— Il ne faut jamais fermer la porte, tu ne le sais donc pas ?

Hunter passa la main dans les cheveux de Drew pour les ébouriffer.

— Tout est ma faute. Je n'étais pas au courant.

Pendant ce temps, Dany avait repris son panier et continuait à ramasser les œufs.

— Allez-y, les garçons ! J'arrive tout de suite.

Les yeux fixés sur les cercles humides dans le dos de son T-shirt, Hunter hésita. Heureusement, Drew n'avait rien remarqué ! Mieux valait y aller. Pour se faire aimer de la mère, il avait intérêt à séduire ses enfants. Mais voulait-il vraiment conquérir le cœur de Dany ? En dépit de ce qui s'était passé, il se posait encore la question.

— Viens, Drew… allons préparer le petit déjeuner.

Il sortit de la grange derrière le petit garçon après avoir vérifié que la porte était calée. Avant de s'éloigner, il jeta un dernier coup d'œil à celle qui occupait toutes ses pensées. Hélas ! elle lui tournait le dos.

Pourvu qu'il ne se la soit pas définitivement aliénée !

A pas lents, Dany revint vers la maison. A quoi donc pensait-elle ? Depuis tout à l'heure, elle ne cessait de se le demander.

Il avait suffi qu'il l'invite à danser pour que s'envolent ses belles résolutions. Elle n'avait pourtant plus vingt ans et aurait dû se montrer raisonnable. Or, dans ses bras, elle s'était sentie comme une adolescente à son premier rendez-vous.

Comment allait-elle pouvoir rentrer chez elle et le regarder en face ? Elle n'avait pas le choix, cependant. A l'avenir, elle devrait s'arranger pour l'éviter et tout faire pour ne plus se retrouver seule avec lui.

Au moment où elle poussait la porte, le téléphone se mit à sonner. Hunter et les enfants étaient au premier ; elle les entendait bavarder.

Elle posa son panier et prit le combiné.

— Allô !

Seul le silence lui répondit.

— Qui est à l'appareil ?

Dany était lasse de ces manœuvres destinées à l'intimider.

— Vendez ! Vendez avant de mener votre père à la faillite ! dit la voix étouffée qu'elle commençait à connaître.

— Allez au diable !

Dents serrés, elle reposa avec force le téléphone sur son socle. Un peu soulagée par son mouvement d'humeur, elle reprit son souffle et posa le front contre la porte du réfrigérateur. Ce devait être Bullop : il était le seul susceptible de tirer profit de la vente du garage.

— Qui était-ce ? demanda Hunter qu'elle n'avait pas vu arriver.

Honteuse de sa faiblesse, Dany se redressa.

— Personne… un appel anonyme, répondit-elle en s'efforçant d'empêcher ses mains de trembler.

— Ce n'est pas la première fois, n'est-ce pas ?

Elle baissa la tête pour éviter son regard.

— Non.

— Que dit votre correspondant ?

— Il me conseille de vendre notre affaire.

Prudemment, elle se déplaça pour mettre la table entre eux et releva la tête pour le dévisager. Tout était plus facile lorsqu'elle n'était pas trop près de lui.

— Vous avez une vague idée de son identité ?

— Oui… enfin, je m'en doute. Chester Bullop est le seul à pouvoir tirer avantage de cette vente. A l'heure actuelle, il est notre seul concurrent, expliqua-t-elle en luttant contre l'envie d'aller se jeter dans ses bras.

D'un geste machinal, elle repoussa ses cheveux en arrière. Si seulement il était aussi simple d'écarter ses soucis ! songea-t-elle au moment où des cris et des rires annoncèrent l'arrivée des jumeaux.

Aussitôt entré, Drew s'approcha de sa mère.

— Maman, M. King a dit que je serai bientôt aussi grand que lui ! annonça-t-il en regardant Hunter avec adoration.

Dany se pencha pour l'embrasser.

— M. King a raison… à condition de faire honneur à ton petit déjeuner.

Ne voulant pas être en reste, Emma se précipita dans ses jambes.

— Tu es restée bloquée dans la grange avec M. King, maman ?

Dany jeta un coup d'œil impuissant vers Hunter puis détourna la tête pour cacher son embarras.

— Oui, la porte s'est refermée. Tu veux bien mettre le couvert, s'il te plaît ?

Hunter toussota pour s'éclaircir la voix.

— Je vais voir si Amos est réveillé.

Dany le regarda partir. Il ne semblait guère à l'aise, lui non plus… Dans l'espoir de dissiper son trouble, elle consacra toute son attention aux tâches matérielles.

— Que voulez-vous ce matin : œufs ou céréales ?

— Des œufs !

— Des céréales !

Drew et Emma avaient répondu d'une même voix.

— Entendu ! déclara leur mère en riant. Ce sera donc œufs et céréales.

Ah, si tout pouvait se régler aussi facilement !

Arrivé devant la chambre d'Amos, Hunter s'arrêta et frappa. Il était lâche, et en avait conscience. Ses relations avec Dany évoluaient bien trop vite à son goût : il se sentait totalement dépassé par la situation.

— Entrez !

En poussant la porte, Hunter perçut une légère odeur de tabac. Dany serait furieuse si elle surprenait son père en train de fumer, se dit-il en traversant la pièce pour aller ouvrir la fenêtre.

— Si les filles découvrent le pot aux roses, je ne voudrais pas être à votre place !

— Et que peuvent-elles me faire ? demanda Amos avec un petit rire.

En dépit de son assurance, il ne semblait tout de même pas trop tranquille. Hunter eut pitié de lui.

— Ne vous inquiétez pas, reprit-il pour le rassurer. Camille n'est pas encore levée et Dany est dans la cuisine en train de préparer le petit déjeuner.

Tout en parlant, il jeta un coup d'œil curieux autour de lui. La chambre était vaste et remplie d'antiquités. Un immense lit occupait tout un pan de mur.

Il fit entendre un léger sifflement.

— Impressionnant !

Amos passa la main sur la courtepointe en patchwork.

— Voilà le lit que j'ai partagé avec mon épouse et où nos filles ont été conçues.

Hunter s'approcha du pied du lit pour admirer le panneau de bois sculpté. Il s'agissait d'une pièce de musée, d'un meuble chargé d'histoire, dépositaire de la mémoire familiale.

Il se surprit à envier Amos et se promit d'éviter les erreurs commises par ses propres parents. Le jour où il se marierait, il ferait un mariage d'amour avec l'espoir de s'inscrire, lui aussi, dans la durée.

Amos l'observait du coin de l'œil.

— Alors ? Vous avez fait votre choix ?

— Euh… oui, répondit-il, surpris de se savoir deviné.

— Parfait. Qu'allez-vous prendre ? s'enquit alors le vieil homme, la main sur la poignée de la porte.

Prendre ? Mais de quoi parlait-il ?

— Je vous demande pardon ?

— Que prendrez-vous pour le petit déjeuner ? répondit Amos en commençant à descendre l'escalier.

Décidément, dans cette maison, il était pour ainsi dire impossible d'avoir une discussion sensée !

— Des œufs.

« Oui, des œufs tout frais pondus », songea-t-il en revoyant Dany en train de les ramasser.

Une fois au rez-de-chaussée, Amos s'arrêta sur le seuil de la cuisine et observa Hunter d'un œil scrutateur.

— Excellent choix, dit-il. Dany vous convient et vous lui convenez également, conclut-il en entrant dans la pièce pour embrasser sa fille et ses petits-enfants.

Stupéfait par le tour surréaliste emprunté par la conversation, Hunter le suivit.

En voyant Dany effleurer la joue de son père, Hunter éprouva une pointe d'envie. Depuis qu'il était là, les joies de la famille le faisaient rêver. Pour se donner une contenance, il prit la cafetière.

— Un café, Amos ?

— Volontiers, merci. Où est donc Camille ?

A présent debout devant l'évier, Dany répondit sans se retourner.

— Je ne l'ai pas encore vue.

A cet instant, Hunter remarqua les auréoles sur l'arrière de son T-shirt et faillit s'étouffer avec sa première gorgée de café. Gentiment, Emma se leva pour lui tapoter le dos.

— Attention, ce n'est pas le moment d'être malade ! Aujourd'hui, vous devez vous occuper de nous.

— Je vais très bien, j'ai juste avalé de travers, répliqua Hunter. Au fait, as-tu des projets pour la journée ?

Emma se rapprocha de son frère. Après quelques instants de délibérations, Drew prit la parole.

— Nous... nous aimerions aller jusqu'à la rivière et... déjeuner sur l'herbe.

— Vous voulez pique-niquer ? répéta Hunter en regardant Dany pour quêter son approbation.

Comme elle lui tournait toujours le dos, il dut improviser.

— Bon... ça ne devrait pas poser de problème.

Il se voyait déjà allongé dans l'herbe tandis que les enfants s'amusaient sagement.

— M. King est responsable de vous, intervint Dany sans lui accorder un regard. Si j'apprends que vous n'avez pas été sages ou que lui avez désobéi…

— Ne t'inquiète pas, maman, murmura Emma avec un sourire angélique.

A son tour, Drew se redressa sur son siège.

— Nous ne ferons pas de bêtises et prendrons bien soin de M. King, puisqu'il ne connaît pas la région.

Dany hocha la tête. Pour Hunter, la journée n'allait pas être de tout repos.

— Quand pourrai-je manger normalement ? demanda Amos en finissant sa moitié de pamplemousse.

La porte s'ouvrit alors, empêchant Dany de lui répondre.

— Bonjour tout le monde !

Camille avait les yeux bouffis et les cheveux en bataille.

— Que t'est-il arrivé ? Une panne d'oreiller ? demanda sa sœur pour la taquiner.

— Comment ? Oh… j'ai oublié de me donner un coup de peigne…

— Et tu ne t'es pas démaquillée hier soir. A quelle heure es-tu rentrée ?

Camille devint rouge comme une pivoine.

— Assez tard, murmura-t-elle en allant se verser une tasse de café.

Amos posa sa cuillère et se tourna vers elle.

— Assez tard ? Mais encore ?

— Ecoute, papa, je vais avoir trente ans ! Je n'ai pas besoin de te tenir au courant de mes moindres faits et gestes !

— Je voulais juste savoir si je dois sortir mon costume du dimanche de la naphtaline, répondit Amos sans s'émouvoir.

Dany surprit le sourire amusé de Hunter. Il devait vraiment les prendre pour une famille de cinglés !

Sa tasse à la main, Camille s'assit à côté de son père.

— Explique-toi plus clairement, papa. Pourquoi aurais-tu besoin de ce costume ?

— Eh bien, si tu as passé toute la nuit avec Bill, nous pourrions avoir un mariage prochainement, je suppose.

Dany ne put s'empêcher de rire.

— Ce serait formidable, Camille ! Je serais ta demoiselle d'honneur.

— Le plus simple serait d'organiser une double cérémonie, reprit Amos d'une voix paisible. Vous avez l'une et l'autre besoin d'un homme pour s'occuper de vous.

Dany baissa la tête et grommela :

— En ce qui me concerne, je n'ai besoin de personne ! Je suis parfaitement capable de me débrouiller seule.

Pourquoi, dans ce cas, le souvenir des baisers échangés avec Hunter suffisait-il à lui faire battre le cœur et monter le rouge aux joues ?

7.

Amos prenait un malin plaisir à taquiner ses filles, nota Hunter tandis que, le visage empourpré, Dany faisait face à son père.

Elle n'avait besoin de personne, avait-elle dit. Comment interpréter cette profession de foi ? Pour sa part, songea Hunter avec un soupçon d'inquiétude, il avait besoin d'elle. Les choses auraient été beaucoup plus simples si elle avait partagé ses sentiments.

— Tu dis des bêtises, papa, reprit-elle en repoussant sa chaise. Le mariage n'est pas à l'ordre du jour et, si je ne me dépêche pas, je vais être en retard…

— Si tu veux bien, je vais profiter de ta voiture, enchaîna Camille en se levant à son tour.

Hunter toussota.

— Et… vos cheveux ?

De la main, Camille tenta vainement de discipliner ses boucles en désordre.

— Accorde-moi cinq minutes, sœurette. Je me donne un coup de peigne et je te rejoins dehors.

— De toute façon, je dois aussi me changer, lui répondit Dany.

Son regard rencontra celui de Hunter et elle rougit violemment.

Parfait ! se dit-il. Au moins, elle n'avait pas oublié ce qui s'était passé un peu plus tôt entre eux ! Il ne lui restait plus qu'à s'arranger pour la revoir seule et l'amener à admettre qu'il ne lui était pas totalement indifférent. Hélas ! dans cette maison, trouver un peu d'intimité n'était pas le plus facile !

Les deux sœurs quittèrent la cuisine alors qu'Emma et Drew continuaient tranquillement à déjeuner. Au bout de quelques instants, Amos toussota pour attirer l'attention.

— Vous allez la laisser partir sans lui parler ? demanda-t-il à Hunter.

— Lui parler de quoi ?

— De ce qui l'a obligée à mettre son T-shirt à l'envers, par exemple. Dany a la tête sur les épaules. Ce n'est pas sans raison qu'elle lance une nouvelle mode !

Décidément, cet homme était impossible ! Il devait avoir la faculté de voir à travers les murs et de lire dans les esprits ! se dit Hunter avec un coup d'œil en direction des enfants.

— Je reviens tout de suite. D'accord ?

Il monta l'escalier quatre à quatre et alla frapper à la porte de Dany.

— Oui ? dit-elle en venant lui ouvrir.

— J'ai besoin de vous parler.

En sa présence, Hunter avait l'impression de se conduire comme un parfait idiot.

En silence, elle s'écarta pour le faire entrer mais laissa la porte ouverte. Elle s'était changée et portait à présent un chemisier d'un rose particulièrement seyant.

— Il y a un problème avec les enfants ?

Tout en parlant, elle avait traversé la pièce pour aller se camper devant la fenêtre ouverte.

— Non, répondit Hunter en s'approchant.

Il huma le parfum qui flottait dans la chambre, une senteur légère et florale qu'il aurait reconnue entre toutes.

— Une question concernant votre voiture ?

Sa voiture ? Hunter dut réfléchir pour saisir le sens de la question. En présence de Dany, il avait du mal à garder les idées claires.

— Non, finit-il par marmonner.

Voyant qu'il était impossible de le décourager, Dany se tourna vers lui.

— A propos de ce qui s'est passé ce matin ?

— Exactement.

Elle pâlit mais ne chercha pas à se dérober.

— Oh !

— Je devrais sans doute vous présenter des excuses…

— Quelle idée saugrenue ! Nous sommes adultes tous les deux !

— Certes, acquiesça-t-il, heureux de voir qu'elle assumait sa part de responsabilité.

— Simplement, j'aimerais que cela reste un incident isolé.

— Je sais… l'endroit et le moment étaient mal choisis et…

— La question n'est pas là, reprit-elle en reculant d'un pas.

— Je ne vous plais donc pas ?

— Ce n'est pas le problème. Rien de sérieux n'est possible entre nous.

Dans un mouvement impulsif, Hunter se pencha vers elle pour lui donner un très léger baiser.

— L'homme au boa embrassait-il mieux que moi ?

— Je… je n'ai pas eu l'occasion de le vérifier, balbutia-t-elle d'une voix mal assurée.

De nouveau, il effleura ses lèvres, heureux de voir qu'elle ne cherchait pas à se dérober.

— Et l'homme à la moto ?

— Je l'ignore.

Tout en parlant, Hunter recula. Comme si elle avait été reliée à lui par un fil invisible, Dany le suivit, maintenant la même distance entre eux.

— Les enfants…

Conscient de son embarras, il tenta de la rassurer.

— Ils ne sont pas ici dans l'immédiat.

— Je n'ai pas besoin de ça !

— Personne n'en a besoin, dit-il en prenant son visage dans ses mains. Je vous plais autant que vous me plaisez. Pourquoi lutter ? Nous verrons bien où ça nous mènera…

Maladroitement, elle esquissa un geste pour se libérer.

— Je ne vous connais même pas !

De nouveau, il effleura ses lèvres d'un très léger baiser.

— Vous connaissez l'essentiel. Qu'importent les détails ?

— Oui… non… Je ne sais pas, bredouilla-t-elle en venant se blottir dans ses bras.

Hunter sursauta avec l'impression de recevoir une décharge électrique. Au prix d'un effort, il parvint néanmoins à se contrôler. Le baiser de Dany se faisait cependant plus pressant. A bout de résistance, il la serra de toutes ses forces contre lui avant de l'entraîner vers le lit sans interrompre leur baiser. Lorsqu'il trébucha contre le sommier, il tomba avec elle, bras et jambes mêlées. Les lèvres soudées aux siennes, il l'embrassa avec une douloureuse ferveur.

Il commençait à caresser son épaule et son dos lorsqu'un bruit discordant les obligea à revenir à la réalité. Dans la cour, Camille klaxonnait pour appeler sa sœur. Elle aurait difficilement pu choisir un plus mauvais moment, songea Hunter avec un soupir de dépit.

A regret, Dany se releva tandis que Hunter la regardait, incapable de bouger.

— Je dois y aller, dit-elle en remettant de l'ordre dans ses vêtements.

Croisant les bras derrière la nuque, il murmura d'un ton pressant :

— Dany ?

Elle suspendit son geste pour le dévisager avec attention.

— Dépêchez-vous de revenir !

— Je ne pense pas…

— Surtout, ne pensez pas !

Une fois de plus, elle semblait avoir des regrets… Il ne l'avait pas forcée, pourtant ! Il commençait à se poser des questions lorsqu'elle se décida à sourire.

— Je rentrerai le plus tôt possible, je vous le promets.

La porte se referma et, quelques minutes plus tard, Hunter entendit la voiture s'éloigner le long de l'allée.

Courage ! se dit-il en se levant à son tour pour aller rejoindre les enfants. Il avait charge d'âmes, il ne devait pas l'oublier.

Tout en sachant qu'il s'agissait d'un combat perdu d'avance, Dany s'efforça d'ignorer le regard de sa sœur. Au fil des ans, Camille avait développé un sixième sens et perfectionné l'art de percer ses défenses.

— O.K., vas-y ! Que se passe-t-il ? Je n'ai pas un troisième œil au milieu du front, je suppose ?

Camille éclata de rire.

— C'est bien pire !

Pourquoi la malchance l'avait-elle affublée d'une jumelle moqueuse et impossible à tromper ?

— Tu es rouge comme une écrevisse !

— Rouge ? Je ne comprends pas…

— Et tu as l'air d'avoir reçu des coups.

— A t'entendre, on pourrait croire que je couve une maladie grave !

Exaspérée, Dany poussa un soupir avant de continuer avec fougue :

— Tu deviens pire que papa ! Arrête de parler par énigmes, et dis-moi ce qui ne va pas !

— Tu as simplement la tête d'une femme qui a passé les dernières heures à se faire embrasser !

Ce n'était pas possible ! Voilà que Camille devenait extralucide !

— J'ignore à quoi tu fais allusion, murmura-t-elle en s'obstinant à nier l'évidence. D'ailleurs, comment es-tu parvenue à cette conclusion ?

— Tu es écarlate et tu as les lèvres gonflées.

— Mon nouveau savon me donne une allergie.

— Vraiment ? Et ces marques dans ton cou ?

Dany jeta un coup d'œil dans le rétroviseur. Camille avait raison : son visage portait encore les traces des baisers échangés.

— Et tes cheveux en désordre… et ton T-shirt taché…, continua impitoyablement sa sœur.

— D'accord ! Hunter m'a embrassée, ce n'est pas un crime ! Tu es contente, j'espère ?

Au souvenir de ce qui s'était passé un peu plus tôt, elle rougit malgré elle.

— Plus que tu pourrais l'imaginer ! s'exclama Camille. Alors… comment est-il ? poursuivit-elle en s'installant confortablement au fond de son siège.

— Grand Dieu ! Tu ne voudrais tout de même pas que je te donne des détails ! protesta Dany sans pouvoir s'empêcher de sourire.

— Etait-ce bien, au moins ?

— Absolument parfait mais… parlons un peu de toi. Où étais-tu, cette nuit ? Dois-je appeler Bill pour lui poser la question ?

— Un point pour toi ! murmura Camille en détournant les yeux.

— Alors ? Que s'est-il passé après mon sauvetage mouvementé ?

— Je ne sais pas trop… Nous avons ri et bavardé, ensuite nous sommes allés faire un tour sous les pins et il m'a embrassée…

A la surprise de Dany, Camille ne semblait pas heureuse à cette évocation.

— Il ne te plaît pas ?

— Si, au contraire, mais… je ne veux pas… je suis gênée par ce que je ressens pour lui.

84

— Et que ressens-tu pour lui ? s'enquit Dany en freinant brusquement pour éviter une biche.

Plongée dans ses pensées, Camille n'avait rien remarqué.

— Une folle envie de le déshabiller et de lui faire l'amour !

Voilà qui était réconfortant ! Au moins, elle n'était pas la seule à entretenir ce genre de fantasmes !

— Et qu'as-tu fait, en réalité ?

— J'ai prétendu qu'il était nul et je l'ai quitté pour aller au restaurant où j'ai passé le reste de la nuit à nettoyer à fond ! Pourquoi, pourquoi faut-il que la vie soit si compliquée ?

— Bonne question, en effet.

Après avoir déposé sa sœur devant le restaurant, Dany se rendit au garage. Le téléphone sonnait lorsqu'elle entra dans son bureau. Elle décrocha rapidement.

— Allô !

— Madame Michaels ?

— En effet. Puis-je vous aider ?

— Je l'espère. George Cole, à l'appareil, directeur de la Cole Insurance. Nous avons reçu hier un appel téléphonique nous demandant de résilier l'assurance du garage. Que se passe-t-il ? Vous n'êtes pas satisfaite de nos services ?

— Pardon ? Je… je ne comprends pas, murmura Dany avec l'impression que la pièce se mettait à tourner. Je n'ai jamais eu l'intention de résilier mon contrat !

— En êtes-vous certaine ? La personne qui nous a téléphoné — un homme — a beaucoup insisté. Il voulait que nous procédions de toute urgence aux formalités. Cela m'a paru bizarre. J'ai donc préféré avoir confirmation.

Dany réprima à grand-peine un frisson. Cette fois, il ne s'agissait plus de coups de fil déplaisants, mais bien d'une manœuvre délictueuse.

— Je vous remercie de m'avoir avertie. Je peux vous assurer que nous n'avons pas l'intention de changer de compagnie ni de modifier les clauses de notre contrat.

— C'est parfait, dans ce cas, madame Michaels. N'hésitez pas à me contacter si vous avez besoin de quoi que ce soit.

Que se passait-il exactement ? se demanda Dany après avoir raccroché. En fait, elle le savait. Il ne pouvait y avoir qu'un seul responsable : Chester Bullop. La situation devenait franchement préoccupante. Que se serait-il passé en cas de sinistre si l'assureur ne l'avait pas appelée ? Que devait-elle faire ? Que lui réservait encore cette journée pourtant si bien commencée ? Grâce au ciel, elle n'avait pas besoin de se tracasser au sujet des enfants. Avec Hunter, ils étaient en sécurité.

Hunter ne put retenir une légère moue de dégoût en voyant Drew étaler de la moutarde sur sa tartine au beurre de cacahuète. Pour sa part, la perspective d'avoir à ingurgiter un pareil mélange aurait suffi à lui couper l'appétit !

Au même instant, le petit garçon tendit la main pour attraper le pot de miel posé sur le buffet.

— Du calme, dit Hunter en s'interposant. Ce sandwich est déjà très bien comme ça !

— Monsieur King ? murmura Emma en glissant sa petite main dans la sienne et en lui décochant un regard en coulisse. Je peux vous préparer un sandwich vraiment extraordinaire ?

Comment dire non ? C'était demandé si gentiment !

— Volontiers, acquiesça-t-il en se forçant à sourire.

Au comble du bonheur, Emma trottina jusqu'au réfrigérateur.

Le spectacle risquant d'être pénible, Hunter préféra ne pas y assister.

— Etes-vous capables de vous débrouiller seuls pendant que je vais chercher une couverture et un panier ?

— Bien sûr ! répondirent-ils en chœur.

— Très bien.

Dans le hall, il trouva Amos qui l'attendait, couverture et panier à la main.

— Vous ne voulez pas venir avec nous, vous êtes sûr ?

— Merci, mon garçon, je préfère rester à la maison. Je vais en profiter pour siroter mon whisky avant de préparer deux ou trois bricoles pour le dîner.

Le vieux filou s'y entendait pour le manipuler ! songea Hunter en réprimant une forte envie de rire. En échange de son silence, il assurait les repas à sa place !

— Bon… allons-y, dit-il quelques instants après en mettant dans le panier les paquets que lui tendaient les jumeaux. Vous n'avez rien oublié ? Prenez un vêtement chaud. Il risque de faire froid au bord de l'eau.

Vingt minutes plus tard, le moral de Hunter était au plus bas. Quelle idée de dévaler une pente escarpée avec un panier au bras, au risque de se rompre le cou ! Les heures passées à faire de la gym dans son club de sport ne l'avaient pas préparé à l'air raréfié des montagnes, se dit-il, le souffle court.

— Doucement, les enfants ! Attention à ne pas glisser.

— Par ici, monsieur King ! cria soudain Emma. C'est là qu'on va d'habitude, continua-t-elle en montrant du doigt un point en contrebas.

Peu après, Hunter découvrit à l'ombre d'un vieux pin une large pierre plate qui surplombait le torrent. L'endroit était idéal, en effet.

— Quand elles étaient jeunes, maman et tante Camille venaient jouer ici, précisa la petite fille en lui tendant fièrement le sandwich qu'elle lui avait préparé.

— Oui, à l'époque, il y avait encore des dinosaures et toutes sortes de monstres, enchaîna Drew pour ne pas être en reste.

Hunter mordit dans une carotte crue pour dissimuler son envie de rire. Brent avait raison, décidément. Les enfants étaient de bien étranges créatures et une source inépuisable d'amusement !

— Vous ne voulez pas de mon sandwich ? s'enquit Emma d'un ton inquiet.

Cette fois-ci, il était au pied du mur.

— Si… si…, dit-il en goûtant une toute petite bouchée. C'est délicieux !

— C'est normal, j'ai choisi ce qu'il y avait de meilleur !

— Monsieur King, regardez ce que je suis capable de faire ! s'écria au même instant Drew, perché en équilibre instable sur un rocher.

— Attention ! Ne t'approche pas du bord ! l'avertit Hunter.

— Je veux faire des ricochets… Grand-père nous a montré, reprit Drew avec fierté.

A cet instant, il dérapa et vacilla comme s'il allait tomber. Hunter bondit sur ses pieds, le saisit par le bas de son T-shirt et le repoussa sur la berge. Malheureusement, il perdit à son tour l'équilibre et se retrouva assis au beau milieu du courant.

— Bon sang !

L'eau était glacée au point qu'il en eut le souffle coupé. Persuadée qu'il allait se noyer, Emma se mit à sangloter tandis que Hunter se relevait tant bien que mal.

— Je… tout va bien, parvint-il à balbutier.

Il claquait des dents sans pouvoir s'en empêcher.

— C'est ma faute ! s'écria Drew qui avait du mal à retenir ses larmes.

Emu par sa détresse, Hunter le prit par l'épaule pour le tranquilliser.

— Tu n'y es pour rien. Le sable et l'eau rendent les rochers glissants. Seriez-vous d'accord pour rentrer à la maison, les enfants ? Si nous restons ici, je ne vais pas tarder à me transformer en bloc de glace.

En dépit de sa frayeur, Emma réussit à sourire.

— C'est même pas vrai ! dit-elle.

Deux minutes plus tard, ils avaient plié bagage et reprenaient d'un bon pas le chemin du retour.

Arrivé en vue de la maison, Drew courut jusqu'à la porte en criant :

— Vite, grand-père, on a besoin d'aide !

Emma n'avait pas lâché la main de Hunter. Elle était un peu pâle et semblait encore sous le choc de leur mésaventure.

— Que diable se passe-t-il ? s'enquit Amos en sortant sur le perron.

Au même instant, il aperçut Hunter qui frissonnait dans ses vêtements trempés.

— Juste ciel !

— Ce n'est rien, le rassura Hunter. Je suis juste frigorifié.

Tout en parlant, ils étaient entrés dans la maison. Sur la table de la cuisine, Hunter vit un paquet à son nom. Les vêtements que Hester lui avait envoyés ! Ils arrivaient à pic, se dit-il, soulagé.

— Bon, si vous le permettez, je vais aller me changer.

Doucement, il obligea Emma à lui lâcher la main.

— Tout va bien, ma chérie. Pourquoi ne finirais-tu pas ton sandwich en compagnie de ton frère ? Dès que je serai prêt, nous irons jouer, d'accord ?

Docilement, elle alla s'asseoir près de Drew tandis que Hunter montait l'escalier. Avant tout, il allait prendre une douche. Dans l'immédiat — et à défaut de pouvoir serrer Dany dans ses bras — une douche brûlante lui paraissait le comble de la volupté !

8.

Dany se frictionna les tempes dans l'espoir de chasser son début de migraine. Depuis bientôt une heure, elle avait mal à la tête. La dernière manœuvre de Bullop n'était sûrement pas étrangère à son malaise actuel.

Elle jeta un coup d'œil à la vieille horloge. L'heure du déjeuner était passée depuis longtemps. Pour tout repas, elle s'était contentée d'une banane qui était restée sur son bureau. A présent, la faim lui donnait des crampes d'estomac.

Bon... il était temps d'écouter les signaux que lui envoyait son corps et de quitter le garage. Parler avec Camille lui remettrait les idées en place, songea-t-elle en composant le numéro du restaurant.

— Allô !

Camille semblait déprimée... Mieux valait ne pas compter sur elle pour se remonter le moral ! se dit Dany en soupirant.

— Oh oh... tu n'as pas l'air plus en forme que moi.

— Et alors ?

Décidément, c'était pire que tout ce qu'elle avait pu imaginer ! Il fallait que ce soit grave pour faire perdre à Camille son entrain coutumier.

— C'est le fait de penser à Bill qui te met dans cet état ? s'enquit Dany en jouant machinalement avec le fil du téléphone.

Il y eut un long silence puis Camille répondit enfin.

90

— Sans doute. Et toi ? Tu ne sembles pas déborder d'enthousiasme.

— Je ne suis pas brillante. Que dirais-tu d'aller jusqu'à Independence City pour boire un thé et nous raconter nos malheurs ?

— Quand peux-tu passer me prendre ?

— Tout de suite, dit Dany en éteignant son ordinateur.

Cinq minutes plus tard, les deux femmes filaient à toute allure sur la petite route. Depuis le matin, ni la coiffure ni l'humeur de Camille ne s'étaient améliorées.

— Qu'espérait-il en m'embrassant comme s'il avait perdu l'esprit ? murmura Camille, les yeux fixés sur la chaussée.

Dany hocha la tête.

— Je sais. Pour qui se prennent-ils, je me demande !

Le regard de sa sœur la força à tourner la tête dans sa direction.

— Oui ?

— Fais-moi rire. Explique-moi donc ce qui te permet de comprendre mes sentiments pour Bill.

— Eh bien, je… c'est-à-dire…

— Ne me fais pas languir sinon, la prochaine fois, je t'oblige à sortir avec le premier qui passe la porte du restaurant !

— Quelle horreur ! s'exclama Dany. Si tu veux tout savoir, Hunter m'a embrassée.

— Je sais et où est le problème ?

— Je me suis laissé faire.

— Excellent ! J'avais bien remarqué sa façon de te dévisager… tout spécialement ce matin. D'abord, j'ai cru qu'il avait remarqué ton T-shirt à l'envers, mais ce n'était pas ça. Son regard était concupiscent.

— Oh !

— Au fait, pourquoi avais tu mis ton T-shirt à l'envers ?

— Je… je me suis trompée en m'habillant.

Pas question de raconter ce qui s'était passé dans la grange ! Dany avait un peu honte de s'être laissé séduire par un quasi-inconnu. De plus, comment entrer dans les détails sans paraître ridicule ?

— A toi, maintenant… si tu me parlais de Bill ? reprit-elle pour faire diversion.

— Nous avons passé une excellente soirée… si l'on fait abstraction de ton sauvetage, naturellement !

— Oui, mais Bill…

— Eh bien, il m'a raccompagnée. Au moment où je lui tendais la main pour lui dire au revoir, il… il…

— Il ne t'a pas brutalisée, j'espère ?

— Que vas-tu chercher ! Il a pris ma main pour m'attirer à lui et…

— Et ?

— Et j'ai eu l'impression d'avoir les jambes coupées ! poursuivit Camille, un petit sourire aux lèvres.

Tout en bavardant, Dany était arrivée sur le parking du salon de thé. Après s'être garée, elle coupa le contact.

— Et quel est le problème ? Bill est un garçon très bien. Il est plutôt sexy et tu aimes ses baisers.

Elle se tut et, du coin de l'œil, observa les réactions de sa sœur.

— Je n'ai pas envie de me sentir attirée par lui… mais tu ne peux pas comprendre !

— Cesse de dire des bêtises ! Je suis en train de tomber amoureuse d'un homme que je connais à peine et tu crois que je ne comprends pas ? Mais, ma pauvre, moi aussi je vis un véritable cauchemar !

— Pourquoi as-tu peur de tomber amoureuse ?

Comment lui expliquer ? L'échec de son mariage avait tué sa capacité d'aimer. En dehors de ses enfants, elle n'était plus capable d'éprouver quoi que ce soit.

— Si nous allions boire ce thé ? proposa-t-elle en ouvrant la portière.

Heureuse de changer de sujet, Camille la suivit sans se faire prier.

Alors que Dany tendait la main vers la poignée, la porte s'ouvrit, manquant la heurter. Surprise, elle recula et eut la surprise de se trouver face à Chester Bullop. Il ne manquait plus que ça ! En les reconnaissant, il leur fit un salut ironique et s'effaça pour les laisser passer.

— Mesdames !

Dany serra les poings pour contenir sa colère. Elle mourait d'envie de le frapper pour effacer son sourire suffisant. Non… elle devait se dominer, mettre en pratique ce qu'elle enseignait à ses enfants. Le recours à la violence n'était jamais une bonne solution.

— L'arnaque à l'assurance n'a pas marché, se borna-t-elle à dire en le regardant droit dans les yeux.

— Comment ? Je ne comprends pas…

En dépit de ses dénégations, son expression trahit sa culpabilité.

— Vous auriez tort de nous sous-estimer. Vos manœuvres sont illégales.

Se tournant vers sa sœur, Dany continua :

— Il faudra en parler au shérif.

Puis, sans attendre de réponse, elle entra dans l'établissement.

— Fumeur ou non-fumeur ? demanda l'hôtesse d'accueil.

— Non-fumeur, répondit Camille en entraînant Dany vers la table la plus proche. A quoi faisais-tu allusion, tout à l'heure ? acheva-t-elle plus bas.

Dany s'assit et prit le menu qu'on lui tendait.

— Passons notre commande et puis je t'expliquerai… Du thé au citron et des toasts, s'il vous plaît, poursuivit-elle à l'adresse de la serveuse.

Lorsque cette dernière se fut éloignée, elle regarda sa sœur et murmura en étouffant un soupir.

— Depuis quand tout s'est mis à aller de travers ? Je me pose la question…

— Qu'est-ce que Bullop a encore inventé ?

— Cette fois, il a dépassé les bornes ! s'exclama Dany en froissant machinalement sa serviette. Il a tenté de faire résilier l'assurance du garage.

Les faits paraissaient encore pires, ainsi énoncés à haute voix.

— Quoi ? Ce n'est pas possible ! Je vais le tuer… après l'avoir soumis à la torture !

— Heureusement, le directeur de l'agence m'a appelée pour vérifier avant de tout annuler. Mais tu te rends compte ? Imagine qu'il n'en ait rien fait…

— Nous savons maintenant jusqu'où il est prêt à aller, déclara Camille au moment où la serveuse revenait.

— Bon… Qu'allons-nous décider ? reprit Dany après avoir étalé de la gelée de framboises sur son toast brûlant. Je n'ai pas envie d'en parler à papa. Miam… délicieux !

— Inutile de l'ennuyer avec cette histoire, acquiesça Camille en trempant ses lèvres dans sa tasse de thé.

— Sans doute, mais j'ai l'impression d'être malhonnête. Après tout, il s'agit de son entreprise. Qui sait ? Peut-être pourrait-il nous aider à mettre au point une stratégie ?

— Oui… à moins que les soucis ne lui provoquent une autre crise cardiaque. Nous avons intérêt à nous débrouiller seules. Evidemment, si Bill arrive à découvrir quelque chose sur Bullop, ça sera encore mieux.

— J'avais cru comprendre que vous aviez rompu ?

— Non, mais je veux rester libre de tout engagement, répliqua Camille en remuant son thé. Et Hunter ? Peut-être pourrait-il…

— Non ! Certainement pas ! Je n'ai pas besoin de lui ! Je suis bien assez grande pour me débrouiller seule.

— Nous sommes dans une impasse, dans ce cas.

— Une voie de garage, disons. Bon… je dois trouver une idée de génie pour nous débarrasser de Bullop et de tous les machos dans son genre !

Camille lui décocha un clin d'œil ironique.

— Tu parles trop ! Quand tu auras fini, peut-être pourras-tu essayer de comprendre ce que nous attendons exactement des hommes. Enfin… en dehors du simple plaisir sexuel, bien entendu !

Dany sentit sa migraine revenir. Le problème soulevé par les tentatives d'intimidation de Bullop n'était rien comparé à celui que lui posait son attirance croissante pour Hunter.

Hunter secoua la tête. Comment était-il censé nettoyer le tapis de la cuisine incrusté de pâte à modeler et ranger les Lego éparpillés dans la salle de séjour ? S'occuper d'une maison était un travail à plein temps, il s'en rendait compte à présent.

Après s'être douché et changé, il était descendu retrouver les jumeaux occupés à jouer avec leur jeu de construction. Seulement, après cela, ils avaient réclamé du papier à dessin, puis de la pâte à modeler, puis de nouveau de la peinture pour peindre avec les doigts. Les petits monstres semblaient n'avoir jamais besoin de se reposer !

Il avait soudoyé Amos en le laissant fumer deux cigares et obtenu en échange son aide pour préparer le dîner. Il ne voulait plus qu'une chose, maintenant : dormir, souffler un peu ! Dans une heure, Dany serait de retour seulement, au lieu de lui faire la cour comme il l'aurait souhaité, il profiterait de sa présence pour aller se coucher.

A cet instant, Drew s'approcha timidement :

— Monsieur King, vous pouvez nous lire une histoire ?

Hunter leva les yeux du tapis qu'il s'efforçait de nettoyer pour regarder les jumeaux qui l'observaient d'un air implorant.

Bon. Le tapis attendrait !

Une fois dans le séjour, Hunter repoussa du pied les jouets éparpillés puis se laissa tomber au fond du canapé tandis que Drew et Emma venaient se blottir de chaque côté de lui. Il prit un livre et commença à lire une histoire qu'il ne connaissait pas. Absorbé par sa lecture, il lui fallut un moment pour découvrir que les enfants s'étaient assoupis.

« Ce n'est pas trop tôt ! » se dit-il en refermant le livre avant de s'installer plus confortablement. « Je m'accorde deux minutes puis j'irai finir de ranger la cuisine », eut-il encore le temps de penser avant de fermer les yeux. »

Assise dans la camionnette, Dany regardait la maison. A l'intérieur l'attendaient son père et ses enfants, sans oublier Hunter, naturellement. Pourquoi ses pensées la ramenaient-elles inexorablement à lui ?

Peut-être parce que, sous son regard, elle se sentait renaître et redevenir une femme susceptible d'inspirer du désir et d'en éprouver aussi ? songea-t-elle en descendant de voiture. Elle n'était pas amoureuse de lui, pas vraiment. Il l'attirait, certes, mais elle ne le connaissait pas suffisamment pour se laisser aller à ses sentiments, conclut-elle en poussant la porte de la cuisine.

La pièce était plongée dans l'ombre, mais de bonnes odeurs flottaient dans l'atmosphère. En dépit du silence environnant, Dany avait l'impression d'être enfin en sûreté dans ces lieux familiers. Soudain, elle éprouva une bouffée d'appréhension. Où étaient-ils passés ? Le silence devenait inquiétant : en général, il annonçait les pires catastrophes. Son père avait peut-être eu un malaise, à moins que les enfants n'aient eu un accident ? De plus en plus anxieuse, elle se hâta vers la salle de séjour.

Le cœur battant, elle s'immobilisa un instant sur le seuil tandis que la peur laissait place au soulagement puis à un sentiment plus doux. Sans oser respirer, elle traversa la pièce sur la pointe des pieds pour aller s'asseoir en face du canapé et admirer le spectacle qui s'offrait à ses yeux.

Un bras passé autour d'Emma et l'autre autour de Drew, Hunter dormait. Blottis contre lui, les enfants laissaient entendre de légers ronflements. Profondément émue, Dany dut se retenir pour ne pas se lever et s'approcher d'Hunter afin de repousser la mèche qui lui cachait le front.

Grand Dieu ! Il aurait été si simple de céder à son envie, de s'éprendre de cet homme qui, de toute évidence, aimait ses enfants et était aimé d'eux !

— Tu devrais le ligoter pour l'empêcher de s'en aller...

Tirée de sa rêverie, Dany sursauta. Elle n'avait pas entendu arriver son père qui se tenait maintenant juste derrière elle. La main sur la poitrine pour calmer les battements désordonnés de son cœur, elle l'entraîna dans la cuisine.

— Tu as failli me faire mourir de peur ! dit-elle en l'embrassant tendrement. Où étais-tu passé ?

— J'étais monté chercher un livre dans ma chambre.

Dany huma sa chemise d'un air soupçonneux.

— Papa...

— Ne t'avise pas de me faire la morale ! Un petit cigare de temps en temps n'a jamais tué personne, déclara-t-il sans la laisser parler. Tu ne m'as pas répondu, tout à l'heure.

— Je ne suis pas à la recherche d'un homme !

— Peut-être, mais tu en as trouvé un, on dirait bien, enchaîna Amos tout en s'approchant de la cuisinière. Tu veux bien me verser une tasse de café ?

Dany étouffa un soupir. Essayer de convaincre son père qu'elle était pleinement satisfaite de sa situation était aussi vain que tenter de l'empêcher de fumer !

Après avoir rempli sa tasse, elle s'assit à côté de lui.

— Rien de spécial au bureau ? demanda-t-il d'un ton faussement désinvolte.

Camille ne lui avait sûrement rien dit ! songea-t-elle en lui jetant un regard inquisiteur.

— Rien de particulier. La femme de Pete accouchera en octobre...

— Ce sera leur troisième, c'est bien ça ? Bon, passons aux

choses sérieuses, maintenant ! Qu'est-ce que Bullop a encore été inventer ?

Incapable de mentir ni de trouver un prétexte pour éluder la question, Dany garda le silence.

— Bon sang ! Quand cesseras-tu de me traiter comme un enfant ? Depuis des années, Bullop a des vues sur le garage. Pourquoi arrêterait-il parce que je ne suis pas là ? conclut-il en buvant une gorgée de café.

En dépit de ses soucis, Dany ne put s'empêcher de rire.

— Je me demande pourquoi Camille et moi nous nous donnons tout ce mal ! Tu as toujours une longueur d'avance, on ne peut rien te cacher ! Tu as raison. Bullop essaie de m'intimider pour nous forcer à vendre.

— Ce type n'admet pas les refus. Il ne renoncera jamais !

— Je croyais avoir réussi à le décourager mais, hier, il a monté un énorme bobard. Il a essayé de résilier l'assurance du garage, expliqua Dany en surveillant son père du coin de l'œil par crainte d'un malaise.

— Bon sang de bois ! Tu as évité le piège ? s'enquit Amos en fronçant les sourcils.

— M. Cole a appelé pour vérifier que tout était en ordre.

— Ce Cole est un brave homme ! Quant à Bullop, quelles mesures avez-vous prises, ta sœur et toi, pour le contrer ?

En dépit de la gravité du sujet, Dany aurait juré que son père s'amusait.

— Dans l'immédiat, Camille vérifie l'aspect légal du dossier. Il faut prouver que Bullop s'est fait passer pour toi.

— Parfait. Je ne te l'ai jamais dit, mais je suis très fier de la manière dont tu diriges l'affaire depuis ma maladie.

— Fier ? Mais de quoi ? A trente ans, j'habite encore chez toi, mon mariage a été un échec et je fais fuir tous les hommes à cent kilomètres à la ronde ! Enfin, merci, c'est gentil de ta part.

— Tu n'es pas responsable de l'échec de ton mariage. Jamais

je n'ai été aussi content que le jour où tu as pris la décision de te débarrasser de ce bon à rien de Derek ! déclara Amos. Quant au reste, si tu fais peur aux hommes, c'est que tu es beaucoup trop femme pour la plupart d'entre eux, conclut-il en se levant pour se rapprocher du feu.

Dany réfléchit aux propos de son père. Il était fier d'elle. A vrai dire, elle n'avait jamais regretté sa décision de divorcer. Peut-être était-il temps d'aller de l'avant, de réfléchir à ses sentiments pour Hunter ? songea-t-elle tout en regardant son père soulever le couvercle d'une casserole.

Hunter… Il y a une semaine, elle ne le connaissait pas ; maintenant, penser à lui suffisait à la troubler. Elle n'avait aucun mal à l'imaginer en train de lui faire l'amour ou, de s'occuper des enfants. Mais lui ? Que voulait-il exactement ? Pourquoi aurait-il cherché plus qu'une brève aventure ? Et que savait-elle de lui, en réalité ? Il lui plaisait, certes, mais il restait un inconnu…

— Arrête de te tourmenter, Dany.

Relevant la tête, elle croisa le regard de son père et se sentit rougir. Grâce au ciel, il ne pouvait lire dans ses pensées !

— De mes deux filles, tu es la plus prudente. Seulement il y a des moments, dans la vie, où il faut avoir confiance, murmura-t-il après avoir posé un baiser sur le dessus de sa tête. Bon… je vais aller… euh… lire un peu avant le dîner.

Dany le suivit des yeux. Avoir confiance… Pourquoi pas, après tout ? Son père n'avait pas tort. Pour sa part, elle ne connaîtrait pas la paix si elle ne tentait rien. Dans deux jours, elle allait avoir trente ans. Rien ne l'empêchait de faire un vœu dès maintenant !

9

Hunter leva les bras au-dessus de sa tête pour s'étirer et soulager son cou endolori. La pendule sonna 6 heures sans réveiller les enfants.

Où était donc Dany ? Elle aurait dû être rentrée depuis des heures ! Le cœur battant, il leva les yeux pour la découvrir sur le pas de la porte. Elle était là ! Tout allait pour le mieux, se dit-il, soulagé.

— Pourquoi ne m'avez-vous pas réveillé ? Je pensais me reposer deux minutes, chuchota-t-il.

Dany entra et vint s'asseoir en face de lui dans un fauteuil en cuir.

— J'étais trop heureuse de vous regarder, avoua-t-elle en rougissant un peu.

— Comment s'est passée votre journée ? demanda-t-il, ravi de son embarras.

— Elle m'a paru durer une éternité. Je suis soulagée d'être tranquille jusqu'à lundi.

Hunter se passa la main le long de la mâchoire d'un geste machinal. En fait, il aurait adoré qu'elle le traite comme un membre de la famille et l'embrasse à son retour du garage. Hélas ! il était inutile de rêver ! Décidément, le rôle d'homme au foyer était parfois ingrat !

Un peu gênée, Dany poursuivit sans oser le regarder :

— Je me demandais… demain… peut-être pourrions-nous aller visiter les environs ?

Hunter acquiesça d'un signe.

— Les enfants vont être ravis.

— Camille m'a proposé de garder Drew et Emma si… si le projet vous convient.

C'était la première fois qu'elle invitait un homme à sortir avec elle. C'était une expérience bizarre.

— Vous voulez dire… seuls tous les deux ?

— Euh…

— Un rendez-vous, en quelque sorte ? insista-t-il avec un petit sourire.

— Si vous ne voulez pas…

— J'accepte, mais à une condition.

Voilà qui devenait inquiétant !

— Laquelle ?

— Que vous m'autorisiez à vous tenir par la main.

Dany eut l'impression de devenir écarlate mais, sous peine d'être ridicule, elle ne put refuser.

— Entendu mais je n'ai guère l'habitude, et…

— Ne vous inquiétez pas. Avec moi, vous n'aurez pas besoin d'aller vous cacher ni de sortir par la fenêtre. Si vous vous ennuyez, il suffira de me prévenir !

Il avait accepté, c'était le principal, se dit-elle, soulagée. Pour une fois, ils seraient seuls tous les deux.

— Je vous le promets.

— Bon… et maintenant, si nous allions nous occuper du dîner ?

C'est le cœur léger qu'elle le suivit. A présent, elle avait hâte d'être au lendemain matin.

Le repas s'éternisa. Les enfants ne se lassaient pas de revenir sur leurs mésaventures de la journée. Quant à Hunter, il était prêt à se jeter tous les jours dans l'eau glacée pour entendre le rire amusé de Dany.

— Merci, Hunter, d'avoir sauvé mon fils du monstre de la rivière !

Vous avez dû mourir de peur, dit-elle en essuyant avec sa serviette ses yeux humides de larmes.

De bonne grâce, Hunter se prêta au jeu.

— Je n'ai fait que mon devoir, madame. Ma mission m'impose de veiller sur votre progéniture.

Emma éclata de rire.

— Vous êtes un peu idiots, tous les deux.

— Que veux-tu ? Nous sommes comme ton frère et toi.

— Hum…, intervint Amos qui n'avait pas pris part à la discussion. Où est Camille, ce soir ?

— Au restaurant. Elle voulait achever sa comptabilité, expliqua Dany.

L'excuse n'étant guère convaincante, Amos insista :

— Elle n'a pas l'intention de faire des bêtises, j'espère ? Elle ne s'est pas mis en tête de s'occuper de Bullop, par hasard ?

Sourcils froncés, Hunter s'immobilisa, la fourchette à la main.

— Que se passe-t-il ? Il vous a encore téléphoné ?

L'appétit coupé, Dany repoussa son assiette.

— Cette fois, il a dépassé les bornes.

— Comment ça ?

— Il a tenté de résilier notre contrat d'assurance, répondit Dany en portant son verre à sa bouche.

Le bord du verre cachait son expression. Hunter jeta un rapide coup d'œil aux enfants. Ils étaient occupés à manger et ne prêtaient pas attention à la conversation.

— Je pourrais peut-être…

— Non ! s'exclama Dany, le visage empourpré. Merci, mais je suis assez grande pour régler ça toute seule ! C'est un problème qui ne concerne que nous !

Hunter eut l'impression de recevoir une gifle. Il ne faisait pas partie de la famille, certes, il en était conscient, mais il aurait aimé devenir assez proche de Dany pour partager ses soucis et l'aider dans la mesure de ses possibilités.

Dany était en train de resservir son fils. Penchée sur lui, son expression soucieuse s'était faite plus douce, nota Hunter avec émotion. En cet instant, il aurait tout donné pour avoir le droit de veiller sur eux et de les protéger. Jamais, de toute sa vie, il n'avait éprouvé ce genre de sentiments. Que lui arrivait-il ? Comment pouvait-il être à ce point amoureux d'une femme qu'il ne connaissait pas trois jours plus tôt ? Pas question, cependant, de refuser l'évidence. A présent, il ne lui restait plus qu'à la convaincre de la pureté de ses intentions.

Le lendemain, c'est le bruit de la pluie contre les vitres qui réveilla Dany. En fait, trop excitée à la perspective de son rendez-vous avec Hunter, elle avait peu dormi. Et lorsqu'elle avait enfin réussi à somnoler, elle avait rêvé de lui !

Ne se sentant pas tranquille, elle vérifia l'heure à son réveil. Qu'était-elle en train de faire ? Etait-ce bien raisonnable de s'éprendre d'un homme plus jeune qu'elle et dont elle ignorait tout ? Elle se reprit toutefois. Après tout, elle n'avait pas l'intention de l'épouser, mais simplement de sortir avec lui, se dit-elle pour se réconforter.

Lentement, elle se leva et glissa les pieds dans ses mules. Ah, si tout pouvait être aussi simple dans la vie que de se lever pour commencer la journée ! Si seulement il était possible de décider de séduire un homme puis de reprendre le cours de son existence comme si de rien n'était ! Hélas ! Dany se savait incapable d'un tel détachement. En quelques jours, Hunter avait réussi à abattre les barrières derrière lesquelles elle se protégeait. A présent, elle était vulnérable, esclave de ses sens et de ses sentiments.

La journée qui s'annonçait l'effrayait. Elle avait peur, peur d'elle et de ses réactions, mais surtout peur de souffrir lorsque Hunter finirait par repartir.

Enfin, dans l'immédiat, il ne s'agissait que d'un banal rendez-vous, l'occasion de se connaître mieux. Dans ces conditions, pourquoi se tourmenter et se soucier de l'avenir ?

Rassérénée par toutes ses réflexions, Dany se décida à prendre le chemin de la salle de bains.

De sa chambre, Hunter entendit le bruit de l'eau. Dany devait prendre sa douche, songea-t-il dans un demi-sommeil. Toute la nuit, il avait rêvé d'elle. Penser à elle suffisait à le mettre dans tous ses états. A toute heure du jour ou de la nuit, son désir était si violent qu'il en devenait douloureux. Par moments, il aurait voulu la posséder dans l'espoir de pouvoir l'oublier ensuite et de reprendre le cours normal de son existence.

Rien n'était moins certain, cependant. Le bref épisode dans la grange, au lieu de l'apaiser, n'avait fait qu'exacerber son désir. Il lui faudrait une vie entière avant d'être comblé, il le savait. De plus, il n'était pas homme à se satisfaire d'une brève aventure : il était beaucoup trop exigeant pour ça et attendait beaucoup plus d'une partenaire éventuelle.

Quoi qu'il en soit, la journée leur permettrait au moins de nouer de nouveaux liens. En cas de besoin, il appellerait Brent pour lui parler de ses doutes et lui demander conseil.

Lorsque, une heure plus tard, il entra dans la cuisine, Dany était déjà assise devant un bol de café fumant. La vapeur de la douche avait fait friser ses cheveux autour de son visage et elle était plus ravissante que jamais, dans son jean étroit et son chemisier qui soulignait les courbes de sa poitrine. A cette vue, Hunter dut se retenir pour ne pas courir à elle et la prendre dans ses bras.

« Du calme », se dit-il. Ce n'était pas le moment de l'effrayer.

— Bonjour. Avez-vous bien dormi ?

Secrètement, il espérait qu'elle avait passé elle aussi une nuit blanche !

— Très bien, merci. Nous pourrons partir dès l'arrivée de Camille. Elle ne devrait pas tarder.

Au même instant, ils entendirent se refermer la porte d'entrée puis Camille apparut, le sourire aux lèvres.

— Alors, les enfants, vous avez enfin décidé de sortir ensemble ? Il était grand temps, je trouve ! Pourquoi lutter contre l'inéluctable ? dit-elle en venant les rejoindre.

— Nous prendrons le portable. Au moindre problème, n'hésite pas à appeler, répondit Dany en se levant.

Elle était aussi nerveuse que lui, réalisa Hunter en la voyant se frotter les paumes sur son jean d'un geste machinal.

Taquine, Camille fit un clin d'œil à sa sœur.

— Surtout, prenez votre temps ! Personnellement, je suis libre comme l'air. Je n'ai pas besoin d'aller travailler avant demain après-midi.

L'écho de son rire résonnait encore à leurs oreilles lorsqu'ils sortirent de la maison. Au moment de traverser la cour, Hunter s'arrêta pour regarder Dany.

— Vous n'avez tout de même pas peur de moi ? demanda-t-il devant sa gêne manifeste. Si ? Bon… Alors mettons les choses au point.

— Comment ça ?

— Nous allons passer la journée à bavarder et profiter de la vie, rien de plus, rien de moins. Je ne mords pas, vous savez, conclut-il en lui prenant le menton.

Dany secoua la tête pour se dégager et parvint à sourire.

— Il y a si longtemps ! Je ne sais plus comment me comporter.

— Eh bien essayons et voyons comment vous vous débrouillez. Où avez-vous prévu de m'emmener ?

— Puisque la pluie s'est arrêtée, nous pourrions aller jusqu'à Moon Lake. C'est un lac de montagne, à deux cents kilomètres d'ici, répondit-elle en se dirigeant vers la voiture.

Tout en marchant, elle sentait le poids de son regard. Sans même la toucher, il avait le pouvoir de lui faire prendre conscience de sa féminité.

Pendant un long moment, ils roulèrent en silence, admirant la beauté du paysage, les sommets dans le lointain et les arbres majestueux de chaque côté de la route. Chaque fois qu'ils croisaient un autre véhicule, le conducteur les saluait de la main.

— Vous connaissez tout le monde ? s'enquit Hunter à la troisième voiture.

— Bien sûr que non !

— Pourquoi vous font-ils signe, dans ce cas ?

— C'est l'habitude ici. C'est différent, chez vous ?

Dany connaissait la réponse, mais elle avait envie de le taquiner. Pendant les deux années de son séjour à Denver, elle avait beaucoup souffert de l'indifférence des gens.

— Vous le savez très bien ! En ville, les mentalités sont différentes. C'est à peine si l'on connaît son voisin !

— C'est étrange, quand on y réfléchit. Après tout, Denver est à peine à deux heures d'ici.

Hunter hocha la tête.

— Ma chérie, par bien des aspects, des années-lumière nous séparent de Denver !

Ma chérie ! Il l'avait appelée « ma chérie », se dit-elle en s'efforçant de ne pas lui montrer sa joie.

Le reste du voyage se passa sans encombre puis, au détour d'un virage, le lac leur apparut enfin, sa surface argentée réfléchissant le soleil derrière les nuages.

— Superbe ! s'exclama Hunter, surpris par le panorama.

Dany se gara, heureuse de constater qu'ils étaient seuls.

— C'est vraiment beau, n'est-ce pas ? Pour ma part, j'adore cet endroit. Je ne m'en lasse pas.

D'un même mouvement, ils détachèrent leur ceinture pour descendre de voiture.

— A quelle altitude sommes-nous ? demanda Hunter en fourrant ses mains dans les poches de son jean.

Il était particulièrement sexy et Dany s'empressa de détourner les yeux.

— Je… je ne sais pas trop… deux mille mètres environ, répondit-elle d'une voix mal assurée. Les premiers qui sont arrivés ici ont baptisé le lac Moon Lake parce qu'il est comme un miroir où se reflète la lune. La vue est magnifique, mais si nous marchions un peu ?

Bizarrement, elle se sentait aussi gauche qu'une adolescente à son premier rendez-vous.

En suivant le sentier, ils se retrouvèrent très vite au bord de l'eau. Tout à coup, Hunter se pencha pour inspecter le sol à ses pieds.

— Vous avez perdu quelque chose ?

— Non… Je cherche un caillou plat pour faire des ricochets. Hier, avec Drew, je n'ai pas été très brillant. En fait, personne ne m'a appris lorsque j'étais enfant.

— Votre père ne vous a jamais montré ?

— Grand Dieu, certainement pas ! dit-il sèchement. Désolé… Vous n'êtes pas en cause mais… j'ai du mal à parler de mes parents, ajouta-t-il en lançant maladroitement le galet qu'il venait de ramasser.

— Vous ne vous entendez pas avec eux ?

— Nous ne sommes pas très proches. J'ai passé mon enfance en internat. Mon père et ma mère étaient très occupés.

— Trop occupés pour se soucier de leur fils ? insista Dany.

Elle ne voulait pas se montrer indiscrète, mais avait envie de tout savoir de lui.

— En effet, reprit-il en lançant un nouveau galet avec aussi peu de succès que le précédent.

Si ses parents ne l'avaient pas élevé, d'où lui venait son aisance avec les enfants ? Encore un mystère que Dany aurait aimé résoudre.

— Attendez… Je vais vous aider, intervint-elle en se mettant derrière lui. Plus jeune, j'étais une championne !

Comme Hunter la dévisageait d'un air surpris, elle continua en lui prenant le bras droit.

— Il faut tenir le caillou entre le pouce et l'index et le lancer d'un geste sec, avec le poignet souple et le bras bien à l'horizontale. Il doit rebondir à la surface de l'eau… comme ça… Allez-y…

Emue par son contact, elle s'interrompit, la gorge sèche.

Hunter s'exécuta docilement. Le galet fit deux ricochets avant de s'enfoncer.

— Très bien… encore !

La deuxième fois, la pierre rebondit quatre fois avant de disparaître.

— Ouais ! s'écria Hunter en pivotant pour la prendre dans ses bras.

Il la fit tournoyer puis la reposa à terre avant de l'embrasser doucement sur les lèvres.

— Depuis l'âge de sept ans, je rêve de faire des ricochets. Merci !

Encore tout étourdie, Dany resta immobile, incapable de réagir.

« Embrassez-moi encore ! » aurait-elle voulu lui crier. Lorsqu'elle vit son regard s'assombrir, elle craignit d'avoir parlé tout haut. Timidement, elle leva la main pour suivre du bout du doigt le contour de sa bouche.

— Je m'étais promis de ne pas aller trop vite, mais vous me rendez fou, dit-il d'une voix entrecoupée. Si je m'écoutais, je vous prendrais là… sur-le-champ !

A ces mots, ravie de le sentir ainsi à sa merci, Dany éprouva un sentiment de puissance. Dressée sur la pointe des pieds, elle posa ses lèvres juste au creux de son cou, à l'endroit où battait une petite veine. Un long moment, elle resta ainsi, enivrée par sa chaleur, la douceur de sa peau. En relevant la tête, elle vit qu'il avait fermé les yeux et devina le contrôle qu'il exerçait sur lui-même afin de se dominer.

— Hunter ?

Il sursauta et murmura d'une voix à peine audible :

— Quoi ?

— Vous pouvez me serrer dans vos bras…, balbutia-t-elle.

Comme si elle avait levé le sort qui le paralysait, il pressa ses lèvres contre les siennes, les forçant à s'ouvrir, tout en laissant sa main courir le long de son dos pour l'attirer de toutes ses forces contre lui.

A cet instant, ils entendirent des éclats de rire. Rouge d'embarras, Dany repoussa Hunter avant de jeter un coup d'œil derrière elle. A quelques pas de là, trois adolescentes gloussaient en les montrant du doigt.

A regret, Hunter s'écarta avant de constater :

— Décidément, vous devez être ensorcelée. Chaque fois que vous êtes dans mes bras, quelqu'un arrive pour nous séparer !

Elle poussa un gros soupir.

— Qui sait ? C'est peut-être vous le responsable.

— Je n'en sais rien mais, de toute ma vie, je n'ai jamais été aussi frustré, je peux vous l'affirmer !

Dany sentit son cœur manquer un battement. Que voulait-il dire au juste ?

Inconscient de son trouble, Hunter la prit par la main pour l'entraîner vers la voiture.

— Venez avant que l'envie me prenne de donner un cours d'éducation sexuelle à ces trois péronnelles !

Les mains de Dany tremblaient tellement qu'elle ne put ouvrir la portière. Avec un sourire taquin, Hunter prit la clé.

— Je suis content de ne pas être le seul à être dans tous mes états.

Ecarlate, Dany lui proposa :

— Voulez-vous prendre le volant ? Je vous indiquerai la route.

— Volontiers.

Pendant longtemps, ils gardèrent le silence, heureux d'admirer le paysage. Hunter fut le premier à parler.

— Combien de temps encore devrez-vous assurer la direction du garage à la place de votre père ?

— Je ne sais pas. Au début, sa convalescence était une question de mois, mais cela fait quatre ans maintenant qu'il est souffrant.

— Et avant la naissance d'Emma et Drew, que faisiez-vous ?

— Pour mon mari, j'avais un rôle purement décoratif. J'ai dû renoncer à mes rêves pour me conformer à ses exigences.

— Et à quoi rêviez-vous ?

— Je voulais finir mes études. Il ne me restait plus qu'un an avant d'obtenir mon diplôme.

— Pourquoi ne pas reprendre ? poursuivit Hunter en ralentissant.

— Le garage…

— Vous pourriez en confier la gestion à un employé.

Dany hocha la tête.

— Sans doute, mais…

— Tout ça n'est qu'un prétexte pour refuser d'aller de l'avant. Qu'avez-vous fait, comme études ?

Jamais personne ne lui avait posé la question. Aucun homme, en tout cas ! Hunter était bien le premier à s'intéresser à ce qu'elle attendait de la vie, et c'était ce qui l'effrayait. Elle n'avait pas envie d'avoir le cœur brisé lorsqu'il repartirait.

— A quoi songez-vous ? Vous ne m'avez pas répondu.

— Pardon…, murmura-t-elle, le rouge aux joues. J'étudiais la biologie et, à terme, j'espérais enseigner.

— Vous feriez sûrement un excellent professeur. Je vous ai observée, avec les enfants, vous avez une patience d'ange, dit Hunter en mettant le clignotant pour emprunter un petit chemin de terre qui s'enfonçait dans les bois.

Etonnée, Dany regarda autour d'elle.

— Il y a une aire de pique-nique à cinq cents mètres.

— Mais… nous n'avons pas prévu de pique-niquer !

— Et alors ? Essayez de faire un peu travailler votre imagination, répondit-il avec un clin d'œil complice.

Décidément, cet homme la rendait folle !

— Je ne suis pas très sûre…

Avec un petit sourire, il glissa sur le siège pour se rapprocher d'elle.

— Un innocent baiser…

— Oh !

Dany ferma les yeux tandis qu'il la prenait par la nuque pour l'obliger à lui donner ses lèvres. Une fois de plus, elle sentit son cœur battre à coups redoublés et se mit à trembler.

Pourquoi avait-il le pouvoir de la troubler autant ? se demanda-t-elle avant de répondre à son baiser.

Toc. Toc. Toc !

Surprise, Dany sursauta et s'arracha précipitamment à l'étreinte de Hunter. Du coin de l'œil, elle distingua derrière la vitre la silhouette d'un garde forestier. Décidément, le sort s'acharnait contre eux ! Peut-être fallait-il y voir un signe du destin pour l'empêcher de trop s'attacher à Hunter ?

Avec un soupir, il mit le contact pour baisser la vitre.

— Tout va bien ? s'enquit le garde. J'ai vu votre voiture et j'ai préféré m'assurer que vous n'étiez pas en panne.

Hunter posa négligemment son bras sur le dossier du siège.

— Nous admirions la vue. A vrai dire, nous profitons de l'absence des enfants pour respirer un peu.

— Je vois ! Ma femme et moi sommes parfois heureux aussi d'avoir un moment de liberté…

Dany écarquilla les yeux. Pourquoi Hunter avait-il jugé bon d'insinuer qu'ils étaient mariés ? En y réfléchissant, la perspective d'être libre de l'aimer sans avoir de comptes à rendre était fort séduisante. Décidée à entrer dans son jeu, elle se blottit plus étroitement contre lui.

— Ne restez pas là trop longtemps, sinon l'un de mes collègues pourrait venir vous déranger, dit l'homme en s'écartant, un doigt sur la visière de sa casquette.

Tandis que son 4x4 s'éloignait, Hunter remonta la vitre.

— Vous aviez raison, c'est une malédiction ! déclara Dany en attachant sa ceinture. Nous avons intérêt à nous en tenir strictement à notre programme. Allons vite déjeuner ! conclut-elle en souriant de l'air dépité de son compagnon.

Une heure plus tard, ils s'arrêtèrent devant une petite auberge au beau milieu des bois. Main dans la main, ils traversèrent la cour avant de pénétrer dans le restaurant. Il y avait du monde et l'hôtesse leur demanda de patienter un instant.

— C'est moi qui vous ai proposé de sortir, vous êtes mon invité, s'empressa de murmurer Dany qui craignait que l'endroit ne soit un peu luxueux pour les finances de Hunter.

— Il n'en est pas question ! protesta-t-il au moment où une table se libérait. C'est vous qui êtes mon invitée, conclut-il en s'asseyant en face d'elle.

— Mais…

— C'est ma façon de vous remercier de votre accueil. Très peu de gens en auraient fait autant.

Comment refuser sans le vexer ? Avec un haussement d'épaules, Dany se résigna à accepter.

— Dans la région, les gens sont accueillants. Vous êtes surpris parce que vous venez de la ville.

— Vous avez raison, malheureusement. Je ne vois personne dans mes relations susceptible de traiter un étranger comme vous l'avez fait.

— Ne soyez pas ridicule ! Vous sous-estimez certainement vos parents ! protesta Dany pour masquer son embarras.

— Mes parents ? répéta-t-il d'un ton lourd de mépris. Ils ne s'arrêteraient même pas porter secours à un blessé !

— En général, la nuit, les gens se montrent plutôt méfiants. Moi, c'est différent. C'est mon métier de dépanner les automobilistes, reprit-elle en dépliant sa serviette pour se donner une contenance.

En répondant à son appel, ce soir-là, elle ne se doutait pas de ce qui l'attendait. Depuis qu'elle l'avait rencontré, sa vie était totalement bouleversée. Bizarrement, cet homme, cet inconnu, s'était glissé dans son intimité et avait réussi à lui voler son cœur. Même là, au beau milieu de ce restaurant bondé, elle avait envie de lui, envie d'être à lui, de lui appartenir…

Après son départ, qu'allait-elle devenir ? Elle se le demandait.

10.

La tête appuyée contre le dossier de son siège, Hunter regardait les mains de Dany posées sur le volant. Elle avait des doigts longs et fins, et il ne put s'empêcher de les imaginer en train de le toucher.

— Le déjeuner était excellent, observa-t-il pour empêcher ses pensées de vagabonder.

— Oui.

Elle avait répondu sans quitter la route des yeux. D'ailleurs, elle s'était montrée peu bavarde pendant le repas. A quoi songeait-elle ? Il aurait bien aimé le savoir. Comment pouvait-il espérer la connaître, si elle refusait de lui ouvrir son cœur ?

— C'est vraiment très gentil de la part de Camille et de votre père d'avoir accepté de garder les enfants à ma place, reprit-il d'un ton prudent.

— J'ai beaucoup de chance de les avoir. D'après ce que j'ai cru comprendre, vous n'êtes pas très proche des membres de votre famille ?

— J'ai de bonnes relations avec mon frère, Brent. Il a une femme et un fils formidables.

— Je comprends mieux, maintenant. C'est chez eux que vous avez appris à si bien vous occuper des enfants, je suppose ?

— Peut-être, admit-il sans s'engager. Mes parents ont divorcé lorsque j'étais très jeune et je suis allé en pension. Nous ne sommes pas très intimes.

— Je n'arrive même pas à me mettre à votre place. Dans ma famille, les choses sont différentes. Mon père a eu beaucoup de mal à accepter la mort de ma mère. Jusqu'à la fin, ils sont restés unis…

— Votre mère devait être une femme remarquable.

— En effet.

Hunter prit la main de Dany et la pressa doucement, soucieux de lui apporter un peu de réconfort. Il aurait tout donné pour être à ses côtés jusqu'à la fin de ses jours, pour avoir le droit de la réveiller chaque matin d'un baiser…

Il secoua la tête. Brent avait raison : il était amoureux d'elle et ne pouvait le nier. Qu'allait-il pouvoir faire ? Fermant les yeux, il resta immobile pour mieux profiter de l'instant présent.

Dany lui jeta un coup d'œil discret. Ses cils projetaient une ombre sur son visage hâlé. Comme il semblait paisible ! songea-t-elle, en rêvant de partir en voyage avec lui, de passer le reste du week-end dans un chalet perdu au cœur des monts du Colorado !

Selon les moments, elle ressentait la présence de Hunter comme un plaisir ou comme une malédiction. Certes, leur escapade les avait rapprochés, mais elle avait aussi exacerbé ses sentiments pour lui. A présent, elle brûlait de tout savoir de lui, du plus petit détail aux choses plus essentielles, de sa façon de dormir à ses moyens de subsistance.

D'un geste machinal, elle effleura le dos de sa main sans obtenir la moindre réaction. Au rythme de sa respiration, elle se rendit compte qu'il dormait. Après ces deux jours passés en compagnie des enfants, il devait être épuisé.

L'après-midi était déjà bien entamé lorsqu'elle quitta la grand-route pour emprunter l'allée menant à la maison. Il était temps de rentrer : Emma et Drew, eux aussi, avaient besoin d'elle !

A sa grande surprise, elle découvrit une limousine garée à l'arrière du bâtiment. Parmi leurs connaissances, personne ne possédait ce genre de véhicule. A cet instant, Hunter ouvrit les yeux avec un petit sursaut.

— Nous sommes arrivés, dit-elle gentiment. On dirait que nous avons eu de la visite, continua-t-elle avec un signe de main en direction de la luxueuse limousine.

— Bon sang ! Il ne manquait plus que ça ! s'exclama Hunter en blêmissant.

Sur le perron, Dany aperçut un homme et une femme en compagnie de son père.

— Vous les connaissez ? demanda-t-elle sans chercher à cacher sa surprise.

De toute évidence, il les connaissait mais aurait préféré les rencontrer ailleurs, comprit-elle à sa mine contrariée.

— Préparez-vous, grommela-t-il. Vous allez faire la connaissance de mes parents.

A ces mots, Dany regarda le couple et la voiture avec plus d'attention. Tout en eux, leur allure, le choix de leurs vêtements, trahissait l'assurance que procure la fortune.

Hunter s'empressa de descendre de voiture pour venir lui ouvrir sa portière.

— J'en suis ravie, dit-elle avec un grand sourire.

— Si j'étais vous, je ne serais pas si affirmative !

A leur approche, la femme s'avança la première en vacillant sur ses escarpins à hauts talons. Une fois devant eux, elle ignora Dany pour tendre la joue à son fils.

Docilement, celui-ci fit ce que l'on attendait de lui, à savoir un simulacre de baiser.

— Mère…

— Hunter, tu as l'air…

Elle se tut, esquissa un geste vers son jean et son pull puis conclut faiblement :

— … en pleine forme.

— Bonjour, père, continua Hunter en échangeant une poignée de main avec ce dernier.

— Hunter…

Entre eux, la tension était palpable. Dany ne pouvait même pas imaginer son père la traitant avec une telle froideur.

— Mère… père… j'aimerais vous présenter Dany Michaels. Dany, voici mes parents, Clarence et Mimi.

Ignorant sa main tendue, ils la saluèrent d'un vague signe de tête puis Clarence King se tourna vers son fils.

— Nous sommes venus te parler, Hunter.

Celui-ci se raidit.

— Il ne s'agit pas d'une simple visite de courtoisie, j'imagine. Comment m'avez-vous retrouvé ?

— Il n'a pas été difficile de te localiser.

En dépit de sa bonne éducation, Hunter était furieux et se contenait difficilement, Dany le sentait.

— Si vous voulez bien m'excuser, je vais vous laisser, dit-elle en esquissant un pas vers la maison.

— Je vous en prie, vous êtes ici chez vous ! intervint Hunter en la prenant par le bras. Allons dans la cuisine, si vous le permettez. Nous boirons un café pendant que mon père nous fournira quelques explications. Et surtout, ne vous faites pas de souci !

Pourquoi cette remarque ? se demanda-t-elle. Leurs problèmes de famille ne la concernaient pas.

Préparer le café lui permit de se donner une contenance pendant que Hunter et ses parents, la mine sombre et sévère, prenaient place autour de la grande table.

— Pourquoi avez-vous jugé utile de me faire suivre ? attaqua Hunter d'entrée de jeu.

— Pour rassurer ta mère. Elle s'inquiétait pour toi, répondit Clarence en ouvrant son porte-documents. Comme tu peux l'imaginer, ces photos nous ont fort étonnés, conclut-il en lui tendant un exemplaire du journal local.

Penchée par-dessus l'épaule de Hunter, Dany ne put retenir une exclamation de surprise.

Les clichés avaient été pris le soir de la fête de la pomme de pin.

Sur l'un, on voyait Hunter en train de l'aider à remettre de l'ordre dans ses vêtements froissés ; sur l'autre, il la tenait par l'épaule. Un peu plus loin, on reconnaissait la silhouette de Barney Purdy.

— Ta brusque disparition puis la publication de cet article m'ont décidé à agir, reprit Clarence en évitant de croiser le regard de Dany. Ce n'est pas la première fois qu'une femme te fait chanter. Une fois qu'elles t'ont reconnu...

Dany recula d'un pas. Les bras croisés, elle s'adressa à Hunter d'une voix mal assurée :

— Qu'insinue votre père ?

— Est-ce vraiment important ?

Mimi toussota pour s'éclaircir la gorge.

— Elle ignore réellement tout de toi ?

Au comble de la colère, Dany tapa du pied.

— « Elle » n'aime pas qu'on parle d'elle comme si « elle » n'était pas là ! Que signifient toutes ces histoires ? Que se passe-t-il ? J'aimerais le savoir.

Vaincu, Hunter repoussa sa chaise et se leva.

— Comme je l'ai expliqué à votre père, je travaille dans la publicité.

— La publicité ? répéta-t-elle d'un ton dubitatif. Hunter King... Grand Dieu ! Vous êtes le King de King Advertising, le groupe de communication qui a régulièrement les honneurs de la presse ?

Hunter écarta les bras dans un geste d'excuse, l'implorant du regard de bien vouloir comprendre. Comprendre quoi ? Qu'elle avait été trompée, manipulée ? Il ne lui avait certes pas menti, mais il ne lui avait pas tout dit. Il s'était bien gardé de lui révéler son identité et avait tout fait pour l'inciter à l'aimer. Il s'était joué d'elle ! Ce n'était qu'un goujat, un être méprisable, un enfant gâté, guère différent au fond de son ex-mari ! comprit-elle, blême de fureur.

— Vous aviez besoin de vacances, soi-disant... de vous ressourcer, de prendre un peu de recul ! dit-elle sans cacher son amertume.

— C'était vrai.

— Et votre C.V. ? reprit-elle sans l'écouter.

— Je… j'ai simplement omis de mentionner mon emploi actuel.

— Pourquoi ? insista-t-elle, les larmes aux yeux. Pour vous moquer de moi ? Pour pouvoir raconter à vos amis de Denver vos aventures dans l'Amérique profonde et leur parler de la fille assez naïve pour tomber amoureuse de vous, vous le grand, le célèbre Hunter King !

— Je suis désolé. Je n'avais pas l'intention de vous blesser.

— Rassurez-vous, monsieur King, vous ne m'avez pas blessée. Je suis juste vexée d'avoir été si bête !

Elle se tut pour reprendre son souffle et conclut en se tournant vers les parents de Hunter.

— Votre précieux fils n'a rien à craindre de moi. Inutile de vous tourmenter, vos inquiétudes sont totalement infondées, acheva-t-elle en tournant les talons.

Elle était déjà sur le pas la porte lorsque, avec un pincement au cœur, elle revit Hunter au bord du lac en train de ramasser des galets.

— Clarence ?

Etonné, le père de Hunter tourna la tête pour la regarder.

— J'aimerais savoir une chose : pourquoi n'avez-vous jamais appris à votre fils à faire des ricochets ?

Sans attendre de réponse, elle sortit et gravit l'escalier pour courir se réfugier dans sa chambre et donner libre cours à ses larmes.

Après son départ, Hunter se tourna vers ses parents.

— Avez-vous conscience de ce que vous avez fait ?

— En venant ici, notre seul but était de te protéger, lui répondit sa mère.

— Vraiment ? rétorqua-t-il Je suis désolé de ce qui vient de se passer, continua-t-il à l'adresse d'Amos. Dany ne veut plus me voir, mais j'aimerais que quelqu'un soit près d'elle en ce moment…

— J'y vais, acquiesça Amos sans un regard pour les parents de

Hunter. Les enfants ont encore besoin de vous, ajouta-t-il avant de s'éloigner.

— Je n'ai pas l'intention de m'en aller.

C'était la vérité. L'idée d'avoir blessé la femme qu'il aimait lui était insupportable. La femme qu'il aimait ! L'évidence le frappa de plein fouet. Entre elle et lui, il s'agissait bien d'une histoire d'amour. D'ailleurs, la réaction de Dany lui en avait donné la preuve.

Il entendit Amos monter l'escalier et la porte de la chambre de Dany se refermer puis il se tourna vers ses parents qui l'observaient d'un air incrédule. D'un geste, il leur intima le silence.

— Je ne veux plus rien entendre. J'aime cette femme et j'ai l'intention de l'épouser si elle veut bien de moi. Si vous souhaitez avoir le bonheur de rencontrer un jour vos futurs petits-enfants, je vous conseille de remonter en voiture et de rentrer chez vous !

— L'entreprise…

Son père n'avait pu s'empêcher d'exprimer son principal souci.

— Les affaires attendront, l'interrompit Hunter.

Il parcourut la distance qui le séparait de sa mère avant de continuer :

— Je ne m'attends pas à ce que tu comprennes, et je n'ai pas besoin de ton approbation.

— Tu l'as, balbutia-t-elle, les larmes aux yeux. Cette jeune femme doit être exceptionnelle.

— Tu n'as pas idée à quel point !

Longtemps après le départ de la voiture de ses parents, Hunter resta debout devant la fenêtre. Comment réparer le mal qu'il avait involontairement causé à Dany ? N'était-ce pas trop tard ?

De sa chambre, Dany suivit des yeux la luxueuse limousine, malade de chagrin à la perspective de voir partir Hunter. Mais au fond, pourquoi serait-il resté travailler chez elle alors qu'il avait le monde entier à sa disposition ?

120

Au bout d'un moment, elle se tourna pour faire face à son père venu la réconforter.

— Que vais-je devenir, à présent ? dit-elle en marchant de long en large pour tenter de dissiper sa tension.

— Il est en bas, tu sais.

A ces mots, Dany se sentit plus légère.

— Je le croyais reparti avec ses parents.

— Tu le sous-estimes, il me semble. Il n'a pas hésité à les contrarier pour rester ici. Peut-être devrais-tu te demander pourquoi ? conclut-il avant de quitter la pièce.

Que voulait-il dire exactement ?

Peu à peu, le chagrin et le sentiment d'humiliation firent place à la colère. Pas question de laisser Hunter ni qui que ce soit la ridiculiser ! Elle allait mettre un terme définitif à cette histoire et ramener toute l'affaire à ses justes proportions !

Etouffant un soupir, elle releva le menton dans une attitude de défi.

Allons, un peu de courage ! Il lui suffisait de descendre l'escalier et d'affronter Hunter sans lui laisser le temps de poser de questions ! A sa place, Camille aurait agi de la même façon, elle en était certaine. Evidemment, elle n'était pas Camille mais, pour une fois, elle avait bien l'intention de prendre modèle sur elle.

En entrant dans la cuisine, elle vit Hunter attablé devant une tasse de café et sentit vaciller ses bonnes résolutions. Pourquoi était-il aussi séduisant ? S'il avait été moins beau, rien de tout cela ne serait arrivé !

Résolument, elle s'assit en face de lui.

— Vous et moi avons besoin de parler, dit-elle en espérant paraître plus assurée qu'elle ne l'était vraiment.

— Ecoutez... Jamais je n'ai voulu vous tromper.

— Mais vous l'avez fait, rétorqua-t-elle, la main tendue pour l'arrêter. Quelles que soient vos raisons, elles ne me concernent pas. Dans l'immédiat, mon seul souci est de trouver quelqu'un pour garder mes enfants. Quant à vous, votre voiture est réparée. Vous êtes parfaitement libre de vous en aller.

— Je n'ai pas l'intention de vous quitter.

— Etant donné les circonstances…

— Oublions les circonstances ! Nous avons passé un marché. Je suis censé travailler trois semaines chez vous. Avez-vous l'intention de rompre notre accord ?

A l'entendre, on aurait pu croire qu'elle était responsable de la situation !

— Monsieur King, lorsque je vous ai embauché, je vous croyais à la recherche d'un job. En tant que directeur de King Advertising, vous n'avez pas besoin de cet emploi !

— Certes, mais j'ai besoin de vous !

Dany éprouva un petit pincement au cœur. Elle aurait tant voulu le croire ! Il lui fallut se raisonner pour ne pas courir se blottir dans ses bras. La sagesse lui conseillait de s'en tenir à ses résolutions : Hunter ne lui convenait pas. Ils n'avaient rien en commun, quant à la fortune et à la célébrité, elles ne présentaient aucun intérêt pour elle. Si encore lui avait parlé d'amour, peut-être l'aurait-il convaincue… or, il s'était borné à s'exprimer en termes de « besoin ».

— Vos admiratrices n'auront aucun mal à combler ce besoin, j'en suis persuadée, répliqua-t-elle d'un ton ironique. Cela dit, si vous y tenez, vous pouvez terminer les trois semaines prévues. Mais ensuite, vous partirez comme convenu.

Apparemment déçu, Hunter fronça les sourcils.

— La perspective de mon prochain départ vous laisse indifférente ?

A vrai dire, Dany avait envie de hurler. Au lieu de cela, elle répondit posément :

— Un flirt de vacances est facile à oublier, vous verrez.

Elle était très pâle. Hunter savait qu'elle mentait sans toutefois comprendre les raisons de son attitude. Elle l'aimait, il en était certain, alors pourquoi s'obstinait-elle à repousser ses avances ?

— Jusqu'à la fin de votre séjour, je vous prierai de vous abstenir de toute familiarité, conclut-elle.

Hunter réprima un petit sourire. En l'autorisant à rester, elle lui donnait ce dont il avait le plus besoin : du temps. Il allait mettre à profit ce délai qu'elle lui accordait pour la convaincre de la sincérité de ses sentiments.

Une heure plus tard, Dany finissait de laver à grande eau les allées du poulailler. Rien de tel que les travaux manuels pour évacuer le stress ! Cette fois, cependant, l'effort ne suffit pas à lui faire oublier Hunter et son amour pour lui. Combien de temps lui faudrait-il pour le chasser définitivement de son esprit ?

Avec Derek, il ne lui avait pas fallu longtemps pour se rendre compte de son erreur. Là, tout était différent. Demain, elle fêterait ses trente ans et il lui semblait avoir fait un horrible gâchis de sa vie. Pour tout arranger, elle n'avait pas eu le temps de trouver un cadeau pour Camille ! C'était le problème d'avoir une sœur jumelle : pas question de faire l'impasse sur l'événement !

Perdue dans ses pensées, elle se mit à nettoyer les perchoirs en se laissant bercer par le gloussement des poules. En temps normal, leur simple présence suffisait à l'apaiser. Or, cette fois, elle l'énervait plutôt.

— Alors ? Comment vas-tu ?

Surprise, Dany leva la tête et découvrit Camille dans l'encadrement de la porte. Immobile sur le seuil, elle l'observait d'un air soucieux.

— Bof ! Comme une femme qui vient d'apprendre que l'homme de ses rêves dirige l'une des plus importantes entreprises du pays !

— J'ai eu raison d'emmener les enfants faire un tour. Dès que j'ai vu ces deux snobs sortir de leur limousine, j'ai compris que les problèmes n'étaient pas loin.

Dany laissa fuser un rire plein de dérision.

— Tu ne t'es pas trompée ! Ils sont allés jusqu'à embaucher un détective privé pour surveiller leur fils ! Bien entendu, ils m'ont prise pour une aventurière… comme si j'étais au courant de la situation ! Quand je pense que j'ai offert le gîte et le couvert à un milliardaire, c'est à mourir de rire ! conclut-elle.

— Tu sais, dans l'immédiat, personne n'a envie de rire et surtout pas Hunter, la corrigea sa sœur. Lorsque je suis allée à la maison, il semblait plutôt préoccupé. Il n'est pas reparti avec ses parents, en tout cas.

— Pourquoi me laisser croire qu'il avait besoin de travailler ? insista Dany en allant rejoindre Camille à l'entrée de la grange.

— Il n'a jamais dit ça !

— Non, mais…

— Tu ne devrais pas le condamner sans accepter de l'entendre.

Au prix d'un effort, Dany réussit à sourire.

— Tu as raison, je dois le reconnaître même si ça ne me plaît pas. Seulement, entre nous, tout est fini. Je ne pourrais rien construire avec lui. Je suis totalement allergique à ce qu'il représente et son mode de vie ne me conviendrait pas.

— Bon, puisque tu es libre, il y a le neveu de Mme McFarland et…

— Pas question !

— A ta guise ! Pourtant, de cette manière, Hunter comprendrait que tu as tourné la page. Cela dit, si tu n'es pas d'accord…

Décidément, il était inutile d'essayer de cacher quoi que ce soit à sa sœur !

— Entendu, je suis prête à sortir avec n'importe qui. Et puis qui sait, tout ira peut-être mieux la prochaine fois ? acquiesça-t-elle en jetant ses gants de travail sur une botte de foin.

— Je n'ai vu qu'une photo de lui. A part sa taille, il n'est pas mal du tout. Mais bon, il n'est pas nécessaire d'être un géant pour être gynécologue !

— Quoi ? Tu plaisantes, n'est-ce pas ?

Seul le rire de Camille répondit à sa question.

Le matin de son anniversaire, Dany se réveilla de fort méchante humeur. Comme pour mieux la narguer, il faisait un temps magnifique et le soleil brillait. En fait, il ne s'agissait que d'une convention, d'une simple formalité, se répéta-t-elle pour se réconforter tout en tirant sur ses paupières dans l'espoir d'effacer ses rides d'expression.

Si elle avait été aussi vieille qu'elle en avait l'impression, elle aurait couru retenir une place dans une maison de retraite ! La veille au soir, le dîner avait été une véritable torture. Sous le regard attentif de son père, Hunter et elle s'étaient efforcés de se conduire normalement tandis que les enfants se montraient particulièrement capricieux. Le simple fait d'évoquer la soirée suffisait à ajouter à sa mauvaise humeur.

Avec un soupir, elle s'écarta du miroir pour finir de se sécher puis enfila son peignoir avant de regagner sa chambre. Elle était dans le couloir lorsque Hunter fit son apparition.

— Bonjour… la place est libre, dit-elle avec un sourire forcé.

Sans se laisser rebuter par sa froideur, il fit un pas dans sa direction.

— Bon anniversaire ! Que diriez-vous d'un petit baiser ?

Le toupet de cet individu semblait n'avoir pas de limites !

En dépit de ses bonnes résolutions, Dany sentit fléchir sa détermination. *A priori*, un baiser n'allait pas la tuer ni remettre en question sa décision. Et puis Hunter avait raison : c'était son anniversaire, après tout ! se dit-elle en comblant la distance qui les séparait.

11.

Hunter lutta contre l'envie de prendre Dany dans ses bras et de la serrer très fort contre lui. La vue de sa peau nue, l'odeur de son parfum suffisaient à le bouleverser.

Il ne voulait pas l'effrayer, cependant. Son sort dépendait de la confiance qu'il était capable de lui inspirer.

Elle recula d'un pas, non pour lui échapper mais pour pouvoir poser les mains sur ses épaules. Au lieu de profiter de la situation, il prit son visage entre ses mains et l'embrassa sur le front.

— Bon anniversaire, murmura-t-il en la laissant aller avant de s'enfermer dans la salle de bains.

Une fois seul, il resta immobile le temps que s'apaisent les battements de son cœur. Il aurait tout donné pour rester avec elle mais, pour ménager l'avenir, il devait se montrer patient. Après avoir repris son souffle, il se mit sous la douche et laissa l'eau glacée ruisseler sur ses épaules et son dos.

Après son départ, Dany resta figée de longues minutes, trop stupéfaite pour esquisser le moindre mouvement. A pas lents, elle finit toutefois par regagner sa chambre et, partagée entre regret et soulagement, se laissa tomber sur son lit. Soulagement de ne pas s'être ridiculisée en se jetant dans ses bras et regret qu'il n'ait rien fait pour la retenir… La passion qu'elle croyait lui avoir inspirée n'était peut-être qu'une illusion ? Pourquoi se plaindre ? En définitive, c'était bien ce qu'elle voulait, non ?

Soudain, elle entendit des chuchotements dans le couloir puis vit la porte s'ouvrir et les jumeaux se précipiter vers elle.

— Bon anniversaire, maman ! s'écria Emma en se blottissant contre elle.

A son tour, Drew la prit tendrement par le cou.

— On pourra avoir du gâteau pour le petit déjeuner ? demanda-t-il.

— Pas question ! le taquina sa mère. Je vais vous faire une soupe d'herbe et une tisane de queues de pissenlits ! C'est excellent pour la santé.

La vue de ses enfants avait suffi à la réconforter et à dissiper une partie de ses soucis.

Emma se mit à glousser.

— Tu dis des bêtises ! On pourra aller avec toi chez le dentiste ?

— Quoi ?

— Tu as rendez-vous chez le dentiste, c'est tante Camille qui l'a dit, ajouta Drew en s'allongeant au bord du lit.

— J'avais complètement oublié !

Comme si elle avait besoin de ça ! Hélas ! le Dr Baker ne venait en ville qu'une fois par mois. Si elle manquait son rendez-vous, elle devrait attendre quatre semaines pour le consulter.

— Désolée ; mais je préfère y aller seule. Vous resterez avec M. King.

Comme Drew faisait la moue, elle s'empressa d'ajouter :

— Mais nous aurons un gâteau pour le dîner. C'est promis.

Alléchés par cette perspective, les jumeaux se mirent à battre des mains en poussant des cris de joie.

Hunter venait de regagner sa chambre. Il entendit les rires et n'eut aucun mal à imaginer Dany en train de s'amuser avec les enfants. Imaginer la scène suffit à renforcer sa détermination. Plus question de rester à la périphérie. Il voulait lui aussi être au cœur de l'action. Sans réfléchir, il composa le numéro de Brent.

— Allô ! fit une voix enjouée.

— Bonjour, Jenny. Hunter à l'appareil. Comme va ma belle-sœur préférée ? s'enquit-il en enfilant son jean.

Jenny ne put s'empêcher de rire.

— Vil flatteur ! Je suis ta seule belle-sœur ! Rien de particulier ?

— A quoi penses-tu ?

A l'autre bout du fil, il perçut l'hésitation de Jenny.

— Tes parents n'ont pas cessé d'appeler Brent pour savoir où tu te cachais.

— Ils m'ont retrouvé ou, plus exactement, le détective privé qu'ils ont engagé a fini par me localiser.

— Non ! Je rêve, n'est-ce pas ?

— Tu ne rêves pas.

— Que deviens-tu ? Brent m'a fait part de votre conversation.

Elle semblait gênée, Hunter le sentit à sa voix.

— L'arrivée de mes parents n'a pas amélioré mes affaires.

— Ton neveu réclame son biberon, reprit Jenny comme un cri perçant lui vrillait le tympan. Pas de doute, c'est bien un King, lui aussi !

— Aussi volontaire que les hommes de la famille, c'est ça ? Puis-je parler à Brent pendant que tu nourris ton fils ?

— Une seconde… je lui porte le téléphone. Il finit de se raser.

— A bientôt…

Hunter entendit un murmure étouffé puis la voix de son frère résonna à son oreille.

— Salut, mon vieux.

— Bonjour.

— Si j'ai bien compris, tu as eu la visite des parents ? Tu as dû être surpris !

Hunter fit quelques pas pour aller ouvrir les rideaux. Malgré l'heure matinale, le soleil était déjà haut.

— De leur part, rien ne m'étonne. Mais leur arrivée intempestive a compliqué les choses.

— Comment ça ?

— Je n'avais rien dit à Dany de ma situation.

— Je vois. Elle est furieuse, j'imagine ?

— Bien entendu. Depuis, elle me bat froid.

Le souvenir de leur dernier baiser l'obligea à rectifier.

— Enfin… la plupart du temps.

— A-t-elle vraiment des sentiments pour toi ?

Hunter hésita un instant. Dany n'avait rien dit, mais elle n'était sûrement pas du genre à embrasser des hommes qui lui étaient indifférents.

— Je crois…oui. Je l'espère, en tout cas.

— Alors, où est le problème ?

— Elle a été mariée à quelqu'un dans mon genre, et l'expérience n'a pas été un succès.

— Voilà qui complique la situation ! Et toi, tu l'aimes, tu en es sûr ?

— Absolument certain !

— Eh bien, je ne sais pas… sois un peu romantique… Sers-toi de ton imagination, bon sang ! Tu es un créatif, ne l'oublie pas !

— Malheureusement, dans ce cas précis, les recettes habituelles ne marchent pas !

Brent soupira.

— Je croise les doigts et je te souhaite bonne chance.

— Merci de ton soutien !

— Pas de problème. Au fait… je compte être de la noce !

Hunter coupa la communication pour ne plus entendre le rire de son frère. La noce ! Il en avait de bonnes ! Dans l'immédiat, c'est à peine si Dany acceptait de lui parler. Elle l'avait tout de même embrassé. Tout espoir n'était peut-être pas perdu…

*
* *

Dany ajouta une dernière crêpe à la pile posée sur la cuisinière et observa Hunter du coin de l'œil. Comme il lui tournait le dos pour prendre le jus de fruits dans le réfrigérateur, elle se sentit rougir à la vue de ses hanches étroites moulées dans son jean élimé.

L'évolution de la situation la perturbait un peu. Elle avait du mal à s'habituer à sa nouvelle façon de se comporter comme… comme s'ils étaient frère et sœur, ou simplement amis.

Enfin, il avait probablement raison, songea-t-elle en prenant le plat de crêpes. De son côté, petit à petit, elle finirait bien par prendre du recul.

— Vous voulez du jus de fruits ? demanda-t-il soudain.

Il était tout près, si près que son souffle fit voler les petits cheveux de sa nuque et courir un frisson le long de sa colonne vertébrale.

— Oui, j'ai besoin de vitamines.

Elle disait n'importe quoi ! réalisa-t-elle en manquant de lâcher le plat. Elle était ridicule, avec ses manières d'adolescente attardée !

Un petit sourire aux lèvres, Hunter remplit les verres.

— Je dois aller chez le dentiste, ce matin, reprit-elle pour masquer son embarras.

— Quelle horrible façon de fêter votre anniversaire ! remarqua-t-il en s'appuyant contre le plan de travail.

— Sans doute, mais ce n'est pas facile d'avoir un rendez-vous. Je ne peux pas l'annuler.

Gênée par la façon dont Hunter l'observait, elle s'empressa d'ajouter :

— Camille a l'intention de parler de Bullop au shérif…

— Elle a raison. Serez-vous de retour pour dîner ?

Il n'avait tout de même pas l'intention de l'inviter ! Et s'il le faisait, quelle serait sa réponse ?

— Oui, je rentrerai dès que j'aurai fini.

— Parfait. Les enfants veulent m'aider à préparer un vrai repas d'anniversaire.

130

— Oh… quelle excellente idée ! Etes-vous au courant des projets de Camille pour demain soir ? s'enquit-elle en fuyant son regard.

Comme il gardait le silence, elle s'empressa de préciser :

— Elle m'a convaincue d'accepter un rendez-vous surprise… vous savez, avec un inconnu.

Elle avait levé la tête pour le dévisager et vit une ombre au fond de ses yeux.

— Etes-vous sûre que ce soit vraiment une bonne idée ?

— D'après Camille, c'est quelqu'un de très gentil… un médecin, je crois.

Il esquissa une grimace et fronça les sourcils, mais il souriait lorsqu'il lui répondit.

— En ce qui me concerne, je serai ravi de garder les enfants.

— Normalement, Camille et mon père seront là, mais je préférais m'assurer de votre disponibilité.

En fait, elle avait l'intention d'annuler ce rendez-vous. Tout ce qu'elle voulait, c'était se prouver — et prouver à Hunter — qu'elle l'avait oublié.

A cet instant, la porte s'ouvrit et Camille entra.

— Bonjour tout le monde ! Nous avons trente ans aujourd'hui, n'est-ce pas merveilleux !

Dany et Hunter échangèrent un coup d'œil interloqué. Que lui arrivait-il ?

Dany s'approcha de sa sœur pour l'embrasser tendrement.

— Bon anniversaire à toi ! Que t'arrive-t-il ? Tu sembles rayonnante.

— Rien de spécial, mais mon moral est à l'image du temps, répliqua Camille avec un geste vague en direction de la fenêtre.

— Tu as vu Bill ? Tu lui as parlé de Bullop ? Il va pouvoir t'aider ?

— Oui, acquiesça-t-elle avec un petit sourire. Il prend l'affaire sous un angle que je n'aurais jamais envisagé.

Amusé, Hunter se pencha pour chuchoter à l'oreille de Dany.

— L'angle de la séduction !

— Ne dites pas de bêtises ! murmura-t-elle, émue de le sentir si proche. Ils sont juste amis.

— Croyez-vous ? Elle est amoureuse de lui, il suffit de la regarder !

Dany observa sa sœur avec plus d'attention. Hunter avait peut-être raison. Décidément, les derniers jours étaient fertiles en rebondissements !

L'arrivée d'Amos et des enfants la détourna de ses pensés pour la ramener à des considérations nettement plus terre à terre.

— Bonjour, papa ! dit-elle en lui tâtant subrepticement le front sous prétexte de l'embrasser.

— Pas de souci, je ne suis pas mourant ! J'ai encore bon pied, bon œil ! Et vous, comment vous sentez-vous en ce grand jour ?

— Très vieille ! s'exclama Dany en lui servant une crêpe.

— J'ai droit aux crêpes ? Décidément, c'est un jour à marquer d'une pierre blanche !

— Je les ai faites avec de la farine complète. Ce n'est pas plus mauvais que tes céréales habituelles.

Les yeux fixés sur Dany, Hunter finit de boire son café. Gênée par son insistance, elle sentit ses joues s'empourprer et prit une serviette pour s'éventer. Que lui arrivait-il ? Elle était tout de même trop jeune pour avoir déjà des bouffées de chaleur ! Non, elle était stupide mais quelle désagréable manière de commercer la journée !

Enfin libre ! songea Dany en mettant le contact. Elle agita la main pour faire signe aux enfants avant de démarrer. Comme elle avait appuyé un peu fort sur l'accélérateur, les pneus crissèrent sur le gravier de l'allée. Elle n'avait pas particulièrement envie d'aller chez le dentiste, mais cela lui fournissait un prétexte pour s'éloigner de chez elle. La tension de la dernière demi-heure l'avait mise au bord de l'explosion. Le petit déjeuner avait été une véritable torture, et la présence de Camille ne l'avait pas aidée. Indifférente à tout ce qui l'entourait, sa sœur semblait planer sur son petit nuage. Hunter avait sans doute raison : peut-être était-elle amoureuse… Au moins, l'une d'elles était heureuse en ce jour d'anniversaire !

A l'approche des faubourgs, Dany ralentit. Ce n'était pas le moment de se faire arrêter pour excès de vitesse.

Pour des raisons différentes de celles de Camille, elle aussi avait l'impression de flotter ou, plus exactement, d'être à la dérive. Que lui manquait-il pour connaître le bonheur ? Un but ? Une passion ou un quelconque talent ? A moins que ce ne soit Hunter ? Non, certainement pas ! Cela dit, l'avenir lui paraissait bouché. Certes, elle aimait s'occuper du garage à la place de son père sans pour autant avoir envie d'y consacrer le reste de sa vie. Quant à son projet de reprendre ses études, il était irréaliste… Lorsque Emma et Drew auraient quitté la maison, il serait trop tard pour retourner à l'université. D'ici là, ils avaient besoin d'elle.

Au loin, elle aperçut les premières maisons de Sweetwater, les espaces plantés d'arbres, les propriétés nichées dans la verdure. La ville était agréable. Elle s'y sentait chez elle, à l'abri des ennuis ou des difficultés. Etait-ce la raison de sa répugnance à s'en éloigner ?

Elle freina doucement pour s'arrêter devant le cabinet du dentiste puis, au lieu de descendre de voiture, resta à sa place, les yeux fixés devant elle. Etait-ce la peur de l'inconnu qui la retenait ici et qui l'avait poussée à revenir cinq ans plus tôt, au moment de son divorce ?

A Denver, elle avait souffert de la solitude. Obsédé par sa carrière, Derek l'avait laissée seule la plupart du temps. Avait-elle eu sa part de responsabilité dans la situation ? Rien ne l'aurait empêchée de sortir, de se faire des amis. En réalité, elle avait été victime de sa timidité.

Après l'échec de son mariage, elle était revenue chez elle pour panser ses plaies et offrir à ses enfants un endroit paisible, à l'abri des dangers. Elle avait eu tort, elle s'en rendait compte à présent. Peut-être était-il encore temps de reprendre les choses en main ?

Elle prit son sac et ouvrit la portière. Soudain, elle se sentait plus légère, comme si un poids venait de lui être ôté. Celui de la peur et des préjugés, sans nul doute.

Inutile de se compliquer la vie ! A partir de maintenant, elle prendrait les choses comme elles se présenteraient, se promit-elle. Et s'il y avait des problèmes, elle les réglerait un par un.

Si seulement il avait été aussi simple de chasser Hunter de son esprit !

Lorsque Hunter ouvrit le four, la cuisine fut immédiatement envahie par une fumée noire et malodorante.

— Ouvre la porte ! cria-t-il à Drew.

Celui-ci courut dans l'entrée tandis qu'Emma se mettait à pleurer. Dépité, Hunter secoua la tête. Il n'y aurait pas de gâteau pour le dîner !

Alerté par les cris, Amos fit son apparition.

— Bon... vous auriez bien eu besoin des conseils d'un vieux sage, il me semble !

Ses yeux allèrent du gâteau complètement brûlé à Emma en train de sangloter.

— Pourquoi ne m'avez-vous pas attendu, mon garçon ?

Comme Hunter esquissait un vague geste d'excuse, il enchaîna d'un ton guilleret :

— Je vais appeler ma vieille copine Thelma Robbins. Elle fait la meilleure pâtisserie de toute la région et ne peut rien me refuser ! Je la soupçonne d'avoir des vues sur moi.

Il se tut un instant puis fit entendre un rire étouffé.

— Bon sang, si vous voulez impressionner Dany vous auriez intérêt à lui parler plutôt que chercher à incendier la maison !

Hunter prit Emma dans ses bras. La fillette était terrorisée. A son tour, Drew s'approcha et se colla contre lui. Décidément, faire la cuisine tout en s'occupant de deux enfants n'était pas une partie de plaisir ! songea Hunter avant de questionner la petite.

— Tout va bien, Emma ?

Elle eut un gros hoquet mais parvint à sourire.

Amos alla prendre le téléphone et appela son amie tandis que Drew essayait d'enfoncer un couteau dans le gâteau carbonisé.

— Il est complètement mort ! décréta-t-il d'un air ravi.

Hunter regarda le bloc de charbon.

— Et si nous lui faisions un enterrement ? proposa-t-il dans l'espoir de leur faire oublier leurs émotions.

— Un enterrement ? répéta Emma en écarquillant les yeux.

— Pourquoi pas ?

— Thelma s'occupe de tout ! annonça Amos après avoir raccroché. Vous me devrez une fière chandelle, mon garçon. Sans compter que, à partir de maintenant, je vais avoir du mal à repousser ses avances !

— Vous devriez peut-être y réfléchir à deux fois…

— Hum… c'est peut-être une idée.

— Nous avons décidé d'offrir des funérailles à ce malheureux gâteau, reprit Hunter. Voulez-vous vous joindre à nous ?

— Mon pauvre Hunter, ce n'est réellement pas une vie pour vous !

Ce dernier embrassa Emma en regardant Drew finir de massacrer le gâteau.

— J'avais une autre vie, mais elle ne me convient plus. Je préfère de loin celle-ci.

Ce n'était que la stricte vérité. Pour la première fois de son existence, il avait l'impression d'être pleinement vivant.

Dany écouta le bruit de la roulette en train de vibrer. La radio avait révélé une carie. A trente ans, elle avait toujours aussi peur de se faire soigner les dents ! Accoucher n'était rien, comparé à la simple vue d'une aiguille ! Cette fois encore, le dentiste avait dû s'y reprendre à deux fois pour l'anesthésier.

Vingt minutes plus tard, elle s'essuya le menton avant de remercier son bourreau. En sortant, elle sourit à la secrétaire ou, plutôt, s'efforça de sourire en dépit de sa mâchoire paralysée et de son visage privé de sensibilité.

Que faire maintenant ? se demanda-t-elle une fois installée dans sa voiture. Elle se sentait encore trop étourdie pour aller travailler. Certes, rentrer chez elle l'obligerait à côtoyer Hunter mais elle avait faim et, surtout, besoin de se reposer. Elle n'avait pas le choix...

En se garant derrière la maison, elle aperçut Hunter sous l'énorme pin qui ombrageait la grange. Debout près de lui, Emma et Drew regardaient un monticule de terre.

Que se passait-il ? Une des poules de Drew devait être morte. Pauvre Drew ! Une fois de plus, il allait être triste.

Elle claqua la portière et s'empressa de rejoindre le petit groupe, émue de voir Hunter avec une main sur l'épaule de chacun des enfants. Soudain, elle prit conscience des mots qu'il murmurait :

— ... accepte cette offrande, Seigneur...

Que se passait-il ? Etait-il devenu fou ? Qu'avait-il inventé pour troubler l'esprit de ses jumeaux ?

Inquiète, elle se précipita pour prendre Emma dans ses bras.

— Biens ici ! cria-t-elle à Drew qui la dévisageait d'un air interloqué.

— Qu'est-ce qui t'arrive, maman ?

Gentiment, Emma lui caressa la joue.

— Mais, maman, il fallait bien l'enterrer !

— Enderrer quoi ? balbutia-t-elle en s'efforçant de s'empêcher de baver.

— Votre gâteau d'anniversaire, lui expliqua Hunter en luttant pour garder son sérieux. En fait, je n'ai pas été tout à fait honnête avec vous. Je ne sais pas cuisiner. Depuis le début, c'est Amos qui prépare les repas à ma place.

136

— Un bâ… bâteau ?

— M. King l'a fait brûler, précisa Drew. Il y avait de la fumée partout.

Interloquée, Dany se tourna vers Hunter. A quel jeu jouait-il ?

— Maintenant, vous connaissez la vérité, reprit-il en avançant d'un pas dans sa direction.

Une fois de plus, Dany dut lutter contre l'envie de se précipiter dans ses bras. Au lieu de cela, elle prit son mouchoir pour s'essuyer la bouche.

— J'ai un peu… vaim, avoua-t-elle.

— Un bain ? répéta Hunter qui n'avait pas compris. Vous avez pris une douche ce matin. Ah… Vous devez avoir faim, je suppose ? Venez, les enfants, votre mère a eu une matinée pénible. Elle a besoin de repos, poursuivit-il en se dirigeant vers la maison.

Comme Dany restait en arrière, il ralentit le pas pour l'attendre.

— Comment vous sentez-vous ?

— J'ai du bal à barler.

— Je suis désolé pour le gâteau.

Au diable le gâteau ! Quand se déciderait-il à changer de sujet ! songea-t-elle en se mettant à courir dans l'espoir de le distancer.

— Que se passe-t-il ? demanda-t-il en l'attrapant par le bras. Où courez-vous comme ça ? De quoi avez-vous peur ? De moi ?

Rouge de colère, Dany s'arrêta. Les mains sur les hanches, elle le défia du regard.

— Je n'ai bas beur de vous !

— Prouvez-le, dans ce cas ! Venez me retrouver à 10 heures ce soir à la porte de derrière. J'aimerais vous parler.

Dany acquiesça d'un signe de tête avant de se dégager. Renonçant à la suivre, Hunter observa, fasciné, le balancement de ses hanches. Au moment où elle atteignait le perron, il vit en contre-jour le contour de ses seins sous son léger chemisier.

Bon, elle avait accepté de venir le rejoindre, c'était le principal.

A présent, il ne lui restait plus qu'à mettre au point son plan de bataille.

— Maman, tu aimes M. King ?

Dany, qui s'apprêtait à border Emma dans son lit, suspendit son geste.

— Euh…

— Tu l'aimes comme on aime un amoureux ? insista la petite fille.

— Qu'est-ce que tu racontes ? riposta-t-elle en se penchant pour l'embrasser.

Luttant pour garder les yeux ouverts, Emma ajouta d'un ton ensommeillé :

— Moi, je l'aime beaucoup, tu sais.

D'une main rageuse, Dany chassa ses larmes. A cet instant, elle aurait tout donné pour ne jamais avoir connu Hunter. Même les enfants étaient sous son charme ! Que se passerait-il après son départ, lorsque la vie reprendrait son cours normal ?

Au passage, elle jeta un coup d'œil dans la chambre de Drew qui dormait déjà.

Après avoir fermé les volets, elle se mit au lit à son tour. Appuyée contre ses oreillers, elle réfléchit longuement à l'avenir avant de laisser le sommeil la gagner.

138

12.

Une fois de retour à la maison, Hunter attendit dans la cuisine qu'il n'y ait plus aucun bruit en provenance de l'étage puis prit son téléphone pour appeler son père. Quoi qu'il arrive, avec ou sans Dany, un jour, il fonderait une famille. Il y était fermement décidé. Dans cette perspective, il devait procéder à un certain nombre d'ajustements.

— King à l'appareil, répondit Clarence d'un ton autoritaire.

— C'est moi… Hunter.

— Ah… il était temps ! J'attendais ton appel. Alors, enfin fatigué de jouer les nounous ?

Hunter secoua la tête. Décidément, son père ne changerait jamais. Tant pis pour lui !

— Pas du tout. Je tenais à t'informer de mes projets.

Dany ouvrit les bras et sourit à Hunter. Comme ils roulaient enlacés sur le tapis, elle savoura le contact de son corps musclé contre sa peau nue. Ivre de désir, elle laissa ses doigts courir le long de son dos. Avec un soupir, il s'écarta tandis qu'elle essayait en vain de le retenir. Au bord des larmes, elle le vit s'éloigner. Peu à peu, sa silhouette s'estompa avant de disparaître.

— Non ! cria-t-elle en se redressant dans son lit.

Le cœur battant, elle reprit lentement contact avec la réalité. Elle

139

était seule dans sa chambre. Sa peur de perdre Hunter était à l'origine de son rêve. 3 heures ! constata-t-elle après un bref coup d'œil à son réveil. Elle avait dormi une partie de la journée.

Elle alla dans la salle de bains se passer de l'eau sur le visage. Etonnée de se trouver si pâle, elle observa son reflet avec appréhension. Pourquoi se mettre dans des états pareils ? C'était ridicule ! Avant l'arrivée de Hunter, tout allait bien pour elle. Dès son départ, la vie reprendrait son cours normal. Quand qu'il serait reparti, elle quitterait le cocon familial et mettrait tout en œuvre pour réaliser ses ambitions. Grâce à lui, l'avenir avait cessé de l'effrayer.

Le téléphone sonnait lorsqu'elle revint dans sa chambre.

Inquiète, elle se précipita pour répondre.

— Allô !

— Viens vite au restaurant, vite !

— Camille ? Que se passe-t-il ?

— Je n'ai pas le temps de t'expliquer. Viens vite ! reprit Camille d'une voix tremblante d'excitation.

— J'arrive…

Après avoir raccroché, elle prit sa veste et descendit quatre à quatre l'escalier. Hunter, Emma, Drew et son père jouaient aux dominos dans la cuisine.

— Je vais en ville, expliqua-t-elle en se dirigeant vers la porte.

— Attends ! s'exclama Amos. Où cours-tu donc ainsi ?

— Camille vient d'appeler. Elle a besoin de moi. C'est urgent.

— Emmène Hunter avec toi.

— Pourquoi ? Je n'ai besoin de personne !

— Cette histoire est bizarre. Je serai plus tranquille de ne pas te savoir seule.

Dany hésita. Après avoir rêvé de Hunter avec tant de précision, elle se sentait gênée en sa présence.

— Je m'occupe des enfants. Allez-y ! insista Amos.

Hunter bondit de sa chaise et saisit son veston.

— Allons-y. Vous avez entendu votre père.

Dany sortit de la maison et courut jusqu'à sa voiture.

— Je prends le volant, dit-elle.

Elle roula à vive allure jusqu'à Sweetwater sans de soucier des limitations de vitesse. Camille avait des ennuis. Il lui fallait de l'aide. Rien d'autre ne comptait.

— Vous voulez bien me mettre au courant ? s'enquit Hunter.

— Je n'en sais pas plus que vous. Elle a téléphoné pour me demander de venir.

— Etait-elle seule ?

— Je… je ne sais pas.

Un bras passé sur le dossier de son siège, Hunter lui caressa la nuque dans l'espoir de la réconforter. Au lieu de dissiper son stress, son geste ne fit qu'exaspérer Dany.

— Du calme. Vous semblez sur le point d'exploser !

C'était son simple contact qui la faisait bouillir, et il ne s'en rendait même pas compte ! se dit-elle avec agacement.

Devant le restaurant, elle freina brusquement. Le rideau était tiré mais la porte était ouverte. Dany se précipita à l'intérieur puis s'immobilisa. Installée à une table, Camille buvait tranquillement un café. En face d'elle, Bill était assis à côté d'une femme d'un certain âge qu'elle ne connaissait pas. Elle reprit son souffle puis s'exclama d'une voix entrecoupée :

— Camille, tu ferais bien de m'expliquer !

— Venez, dit Bill en se levant pour approcher deux chaises.

Comme un automate, Dany avança et prit le siège qu'il lui tendait tandis que Hunter restait debout derrière elle.

— Dany, je te présente Estelle Bullop, reprit Camille avec un sourire. Estelle… ma sœur, Danielle.

Avec l'impression de rêver, Dany serra la main de l'inconnue.

— Bonjour madame… Bullop ?

— Ma mère et Mme Bullop font partie du même club de bridge, intervint Bill. Estelle est la mère de Chester Bullop.

Dany sentit Hunter lui effleurer l'épaule comme pour l'inciter à garder son sang-froid.

— Mais… pourquoi… comment ?

A cet instant, on frappa un coup bref à la porte et Chester entra.

— Je vous demande une seconde, murmura Estelle Bullop en se levant.

Indifférent à ce qui l'entourait, Chester regarda sa mère approcher.

— Que se passe-t-il ? chuchota Dany.

— Chut !

D'un geste, sa sœur lui intima de se taire.

— Sais-tu pourquoi je suis là ? s'enquit Estelle avec sévérité.

— Oui, maman, répondit Chester en baissant la tête comme un gamin pris en faute.

— Sais-tu ce que j'ai appris, à mon club ? Que tu harcèles la famille Michaels ?

— Mais, je…

— Oui ou non, Chester ?

— Oui, maman, balbutia-t-il en fuyant son regard.

Estelle le menaça du doigt.

— C'est ainsi que je t'ai élevé ? Jamais de ma vie je n'ai été aussi humiliée ! Tu devrais avoir honte !

— Je suis désolé, maman.

— Ce n'est pas à moi que tu dois présenter des excuses, continua-t-elle en l'entraînant vers le petit groupe.

En le voyant devenir écarlate, Dany faillit plaindre le malheureux Chester. Elle serra les lèvres pour garder son sérieux.

— Madame Michaels, je vous demande pardon.

— J'accepte vos excuses. Le garage n'est pas à vendre, je vous l'ai dit mille fois. Est-ce clair, oui ou non ?

— Oui, madame, reprit-il humblement.

— Je prends mon sac et je te raccompagne à la maison, reprit

142

sa mère. Merci pour le café, ajouta-t-elle à l'adresse de Camille. En dépit des circonstances, j'ai été ravie de faire votre connaissance.

Après avoir serré la main de chacun, elle se dirigea vers la sortie en compagnie de son fils qui la suivait comme un petit toutou.

Lorsque la porte se fut refermée, Camille éclata de rire.

— Alors ? Vous avez vu ce que j'ai vu ?

Dany hocha la tête.

— Si je n'avais pas été témoin de la scène, je n'y aurais jamais cru !

— J'ai donc bien fait de t'appeler !

— Oh oui ! Papa sera content d'apprendre que le chapitre est clos et que Chester Bullop ne viendra plus nous ennuyer.

Dany sentait la main de Hunter sur son épaule. Maintenant que le problème du garage était enfin réglé, il lui restait à mettre de l'ordre dans sa vie privée.

— Finalement, aurons-nous un gâteau d'anniversaire pour le dessert ou dois-je prévoir quelque chose ? s'enquit Camille.

— Amos a demandé à l'une de ses amies de s'en charger, répondit Hunter. Et si nous rentrions, maintenant ? continua-t-il, quêtant l'assentiment de Dany.

— Oui, dit-elle en se levant. Allons-y avant que papa n'alerte les secours.

Camille se tourna vers Bill.

— Tu viens aussi ?

— Bien sûr.

Ils s'aimaient, pas besoin d'être extralucide pour s'en apercevoir, songea Dany. Pour la première fois de sa vie, Camille semblait sincèrement amoureuse.

— J'y vais, murmura-t-elle sans se soucier de vérifier si Hunter la suivait.

Il la rattrapa au moment où elle ouvrait la portière de la voiture.

— Vous espériez peut-être vous débarrasser de moi ?

Dany eut l'impression de recevoir un coup. Se débarrasser de lui ? Pour cela, il aurait fallu qu'elle ait des droits sur lui !

— Désolée, je pensais à autre chose, répondit-elle afin d'éluder sa question. Ce qui vient de se passer était surréaliste.

Sans rien ajouter, elle monta en voiture et garda le silence pendant tout le trajet.

Hunter regarda Dany descendre l'escalier. Elle venait de prendre sa douche et, fraîche et rose, ressemblait à une collégienne. Au passage, elle lui jeta un coup d'œil inquiet.

De quoi avait-elle peur ? Si elle n'arrivait pas à surmonter ses doutes et à lui faire confiance, leur relation était vouée à l'échec. Il n'aurait d'autre choix que de la quitter. Pourtant, quoi qu'il arrive, il savait que jamais il ne l'oublierait.

Pour dîner, il s'assit près d'elle. Le regard fixé sur son assiette, elle se contentait de picorer. En face d'eux, Camille et le shérif n'arrêtaient pas de sourire et de se prendre la main comme des adolescents. Hunter ne put s'empêcher de les envier. Lui aussi aurait aimé pouvoir exprimer librement ses sentiments. Hélas ! Dany n'avait pas besoin de lui. Toute son attitude le démontrait clairement.

Drew finit son verre de lait et demanda avec une mine gourmande :

— Quand est-ce qu'on mange le gâteau, grand-père ?

Amos consulta sa vieille montre de gousset.

— Thelma ne devrait pas tarder à arriver.

Il avait rougi sous son hâle. Il s'était changé et rasé de frais, nota Hunter.

— Vous êtes bien élégant, observa-t-il d'un ton taquin.

A son tour, Dany regarda son père avec curiosité.

— Ma parole… tu viens de te raser !

— Je… n'ai-je donc pas le droit de manger en paix ? protesta-t-il en plantant d'un geste décidé sa fourchette dans sa cuisse de poulet.

144

Le vieux forban avait rencontré quelqu'un, se dit Hunter en adressant un clin d'œil à Dany. Comme elle lui souriait, il dut lutter contre l'envie de la prendre dans ses bras et de l'emporter dans sa chambre pour donner libre cours à son désir pour elle.

A cet instant, on sonna à la porte. Amos fut le premier à se lever. Dans sa hâte, il fit tomber sa chaise et eut un sourire embarrassé.

— On peut aimer à tout âge, dit-il comme pour les mettre au défi de le contredire. Un jour, vous comprendrez…

Trop surpris pour répondre, ils le regardèrent s'éloigner après avoir vérifié sa coiffure et épousseté les revers de son veston. La porte s'ouvrit avant qu'il n'ait eu le temps d'atteindre la poignée.

— Bonsoir, Amos ! s'exclama une petite femme dynamique, au visage souriant sous une couronne de cheveux blancs comme neige.

Elle portait un ensemble écarlate et toute une batterie de bijoux fantaisie.

— Tiens, dit-elle en lui tendant un volumineux carton. Ce gâteau pèse son poids.

Un peu déconcerté, Amos resta immobile une fraction de seconde puis se précipita pour l'aider.

— Excuse-moi, ma chère !

Sans attendre, Thelma s'approcha de la table.

— Bonjour, tout le monde ! Je connais chacun d'entre vous, sauf ce jeune homme. Je suis Thelma Robbins, déclara-t-elle sans quitter Hunter des yeux.

Celui-ci lui sourit. Thelma était exactement la femme qu'il fallait à Amos. Vive et impertinente, elle ne s'offusquerait pas de ses accès d'humeur et saurait l'inciter à profiter de la vie. Se levant, il lui tendit la main d'un geste cérémonieux.

— Hunter King, madame. Je suis ravi de faire votre connaissance.

— Camille et Bill ont décidé de faire la paix, à ce que je vois. Donc, vous devez être le garçon que fréquente Dany…

145

— En fait, je…

Dany s'interposa vivement.

— Hunter est ici pour s'occuper des enfants. Son contrat se termine dans quelques jours.

Thelma haussa les épaules.

— Qu'avez-vous dans la cervelle, ma pauvre enfant ? Quand on a la chance de rencontrer un homme comme celui-là, on fait tout pour le garder !

Derrière elle, Amos toussota pour s'éclaircir la gorge. En l'entendant, Thelma se tourna vers lui.

— Ne sois pas si empoté, mon chéri ! Mets donc ce gâteau sur un plat.

Tout en parlant, elle lui prit le carton, le posa sur le plan de travail et leva les yeux vers Amos qui la dépassait d'une bonne tête avant d'ajouter :

— Je n'ai même pas pris le temps de t'embrasser. Baisse-toi donc un peu…

Docilement, Amos se pencha. Dressée sur la pointe des pieds, Thelma le prit par le cou pour l'attirer à elle avant de lui poser sur les lèvres un vigoureux baiser.

Rouge jusqu'aux oreilles, Amos lui adressa un sourire timide mais déjà, elle s'était mise à déballer le gâteau.

En le voyant, Emma battit des mains.

— Que c'est beau !

Hunter acquiesça. Le gâteau représentait un château fort avec son donjon surmonté d'un petit drapeau, un véritable chef-d'œuvre dans son genre.

Dany et Camille s'approchèrent à leur tour pour l'admirer tandis que Hunter ne cessait de regarder Dany. Le cœur débordant d'amour, il ne pouvait s'empêcher de la dévorer des yeux. Le soleil faisait briller ses cheveux et il dut se retenir pour ne pas y glisser les doigts et jouer avec ses boucles. A cet instant, quelqu'un lui effleura l'épaule, ce qui le fit sursauter. C'était Bill qui lui murmura à l'oreille :

146

— Faites-moi confiance, mon vieux. Les filles Michaels sont difficiles à conquérir mais elles en valent la peine.

Etait-il donc si facile de lire en lui ? Ou alors peut-être seulement pour un homme amoureux ? De fait, Bill couvait Camille d'un regard triomphant.

— Comment y êtes-vous parvenu ? s'enquit-il.

S'il y avait un secret, il voulait le connaître pour séduire la femme qui le hantait.

Bill secoua la tête.

— J'en ai vu de toutes les couleurs !

Hunter avait sa réponse… Malheureusement pour lui, il n'y avait pas de recette miracle. Il ne pouvait compter que sur sa persévérance pour se faire aimer de Dany.

Les femmes s'approchaient avec le gâteau. Thelma le posa sur la table puis alluma la bougie plantée au sommet de la plus haute tour.

A cette vue Drew éclata de rire.

— On peut même pas compter ! Il y a qu'une bougie. Pourtant, maman et Camille ont au moins cent ans !

En riant, Dany lui ébouriffa les cheveux.

— Tu as raison. Parfois, j'ai bien l'impression d'être déjà centenaire !

Au moment où elle s'apprêtait à inviter Camille à souffler la bougie, Amos s'interposa.

— J'aimerais vous dire un petit mot. Après tout, sans moi, vous ne seriez pas là…

— Papa, les enfants ! chuchota Dany d'un ton alarmé.

Il continua sans l'écouter :

— En ce jour de fête, j'aimerais vous rappeler que le temps et l'amour sont de précieux atouts. Vous m'écoutez, les filles ?

D'un même mouvement, Dany et Camille hochèrent la tête en signe d'assentiment.

— Parfois, l'amour se présente masqué ; parfois, nous ne le

reconnaissons que lorsqu'il est trop tard, enchaîna-t-il en regardant Dany d'un air entendu.

Il reprit son souffle puis se tourna vers Camille.

— Parfois, il faut du temps pour voir ce qui nous crève les yeux. Ne laissez pas passer la chance. Attrapez-la au vol et profitez de la vie !

Gêné, il toussota pour masquer son émotion avant de conclure d'un ton léger :

— Soufflez vite la bougie, maintenant, sinon le chocolat va fondre.

A son tour, Thelma leva la main.

— Attendez ! Avant de souffler, il faut faire un vœu.

Hunter vit Dany le dévisager avant de fermer les yeux. Lèvres closes, elle parut se concentrer mais déjà, fous d'impatience, Drew et Emma s'étaient précipités pour souffler la flamme vacillante.

Qu'avait-elle souhaité ? Hunter aurait tout donné pour le savoir et l'aider à exaucer son souhait… même au détriment de ses propres sentiments.

Dany rouvrit les yeux. Jamais un vœu n'avait eu autant d'importance pour elle ! C'est son bonheur qui était en jeu !

En relevant la tête, elle croisa le regard de Hunter. Même lorsqu'ils n'étaient pas seuls, elle se sentait attirée par lui comme par un aimant.

Distraitement, elle prit une part de gâteau, puis déballa ses cadeaux. En dépit de ses efforts pour faire preuve de bonne humeur, elle se sentait étrangère à la petite fête. Son cœur était ailleurs. Levant les yeux, elle consulta la pendule au-dessus du plan de travail. 9 heures. Seulement 9 heures… Encore une heure avant son rendez-vous avec Hunter. Peut-être avait-il oublié le défi qu'il lui avait lancé ?

Camille fut la première à donner le signal du départ.

— Je ne sais pas ce qu'il en est pour vous, mais moi je travaille demain…

Après avoir embrassé les uns et les autres, Thelma regagna sa voiture accompagnée d'Amos qui resta absent de longues minutes, remarqua Dany. Elle était heureuse que son père ait rencontré quelqu'un. Pour lui, Thelma semblait être la femme idéale.

A son tour, Camille s'éclipsa avec Bill. De toute évidence, sa sœur avait enfin trouvé l'homme capable de la stabiliser, songea-t-elle encore.

Amos revint enfin. S'approchant de Drew et d'Emma, il les prit par la main.

— Venez, les petits monstres. Ce soir, c'est moi qui vous mets au lit.

Après leur départ, Dany resta immobile dans la cuisine soudain silencieuse. Le moment était venu : elle ne pouvait continuer à se dérober. Le rouge aux joues, elle fit face à Hunter.

Après avoir jeté un coup d'œil à sa montre, il repoussa sa chaise et dit d'une voix paisible :

— Je vais faire un tour avant de me coucher. Encore une fois, bon anniversaire, Dany.

Un peu surprise, elle le suivit des yeux. Il lui laissait le choix, la possibilité d'éviter un tête-à-tête qui s'annonçait pénible. Il lui suffisait de monter l'escalier pour se réfugier dans sa chambre… Elle avait déjà le pied sur la première marche lorsqu'elle marqua un temps d'arrêt.

— Non, dit-elle à haute voix. J'ai dit que j'irai et j'irai !

Son courage faillit l'abandonner, cependant, en découvrant Hunter debout sur le perron. Il fixait sans les voir les montagnes dont le sommet se découpait sur le ciel étoilé. Comme s'il avait senti sa présence, il se tourna vers elle.

— Je n'étais pas sûr que vous viendriez.

Doucement, elle referma la porte et s'appuya contre la balustrade.

— Moi-même, je n'en étais pas certaine.

Elle se sentit soudain furieuse contre elle-même. Que lui arrivait-il ? Après tout, elle était une femme mûre, pas une adolescente perturbée par ses premiers émois !

Hunter tendit la main et lui caressa doucement l'intérieur du poignet. Elle frémit et poussa un soupir. Elle le désirait, certes, mais aurait voulu plus qu'une brève aventure. En réalité, elle aurait tout voulu : amour, engagement, respect et confiance mutuels. Cependant, pourquoi refuser ce qu'il lui proposait ? Ce n'était pas grand-chose, mais c'était mieux que rien. Quoi qu'elle fasse, elle aurait le cœur brisé lorsqu'il partirait. Dans ces conditions, mieux valait sans doute se faire de beaux souvenirs. De nouveau, elle soupira puis effleura du bout des doigts la joue de Hunter.

Elle le sentit frémir. De toute évidence, il était aussi ému qu'elle. Un peu rassurée, elle se glissa entre la rampe et lui. Hunter la fixa droit dans les yeux.

— A quel jeu jouez-vous ?

— Je ne joue pas ! Je fais enfin ce que je rêve de faire depuis votre arrivée.

Il resta si longtemps immobile qu'elle craignit de s'être ridiculisée. Comme elle esquissait un geste pour s'écarter, il la prit fermement par la taille.

— Alors ? Vous avez déjà peur ?

— Je suis morte de peur, acquiesça-t-elle en frissonnant.

Tant pis s'il se moquait d'elle ! Il était grand temps d'être franche avec lui.

Hunter eut un mouvement de recul.

— Jamais je ne vous ferai le moindre mal !

Il en aurait eu le pouvoir, cependant, songea Dany. Il était capable de la blesser bien plus profondément que Derek ne l'avait jamais fait.

— C'est mon anniversaire… J'espérais avoir droit à un dernier baiser.

— Avec plaisir, dit-il en s'inclinant vers elle.

Dany s'avança pour combler la distance qui les séparait encore.

Sa bouche contre la sienne, elle goûta la saveur de ses lèvres puis se pressa plus fort contre lui. Le souffle court, Hunter lui écrasa lèvres avant de les écarter et de les taquiner de la pointe de la langue. Comme son baiser se faisait plus profond, Dany eut l'impression que ses veines charriaient du métal en fusion. Les jambes molles, elle réussit à se soustraire à son étreinte pour mieux le supplier :

— Venez… suivez-moi.

Pour toute réponse, il inclina la tête et enfouit le visage dans le creux de son cou.

— Où ça ? murmura-t-il.

— En haut… dans ma chambre… Je vous en prie !

Surpris, Hunter recula pour la dévisager. Il avait le souffle court mais il faisait trop sombre pour permettre à Dany de voir son expression.

— Pourquoi ? demanda-t-il encore.

— Pardon ?

Que lui arrivait-il ? Ne voulait-il donc plus d'elle ?

— Si je monte dans votre chambre, je vous ferai l'amour.

— Non. Si nous allons dans ma chambre, « nous » ferons l'amour, rectifia-t-elle, le cœur battant.

Comment avait-elle pu se tromper à ce point ? Avait-elle mal interprété ses réactions ? Il la désirait… Là-dessus, elle n'avait aucun doute.

— Et après ?

Il voulait savoir ce qu'elle attendait de lui, si elle espérait des promesses, un quelconque engagement…

Du bout du doigt, elle suivit le contour de ses lèvres.

— Après ? Après nous dormirons. Demain sera un autre jour. Ensuite, vous finirez votre contrat avant de retourner à vos occupations.

Voilà, elle y était enfin arrivée ! Elle avait réussi à exprimer son désir sans rien exiger de lui ! Elle aurait dû se sentir soulagée. Au lieu de cela, elle éprouva soudain une impression de nausée.

— Je ne suis pas d'accord, dit-il en la relâchant.

Dany croisa les bras comme pour se réchauffer.

— Depuis quand avez-vous besoin de quelqu'un ?

— Je… je ne comprends pas. J'ai besoin d'un tas de gens…
Emma… Drew… papa…

— Tous ces gens vous sont chers, mais vous n'avez pas besoin
d'eux. Vous avez besoin de leur affection.

— Et alors ? N'est-ce pas la même chose ?

Quelle erreur avait-elle commise ? Par maladresse, elle avait
encore tout gâché.

Hunter reprit sans l'écouter :

— Vous êtes le pilier de la famille. Tout le monde compte sur
vous mais vous, vous refusez de demander de l'aide.

Dany s'écarta de lui pour contempler la cime des montagnes à
l'horizon.

— Une fois, j'ai essayé. Mais j'ai vite appris à ne rien attendre
de personne.

Elle était parfaitement autonome, en effet, ce qui lui avait permis
de surmonter le choc de la séparation. Mais l'était-elle vraiment tant
que cela puisque, pour survivre, elle avait eu besoin de se réfugier
dans le cocon familial ?

— Je dirige un groupe très important. Le sort de milliers de
personnes dépend de mes décisions, reprit Hunter en posant les
mains sur ses épaules. Pourtant, jusqu'à présent, je n'avais jamais
éprouvé le sentiment d'être utile à quelqu'un.

Dany ferma les yeux pour ne pas s'effondrer. Qu'essayait-il de
lui faire comprendre ? Qu'il avait besoin d'elle ?

— Vous nous avez été très utile, murmura-t-elle.

— Certes. Vous aviez besoin d'un employé de maison, de quelqu'un pour veiller sur les enfants.

Il se tut et posa un baiser sur le dessus de sa tête avant de
continuer :

— Mais ce que je veux, c'est que « vous » ayez besoin de moi.

Elle avait du mal à le suivre.

— Je viens de vous demander de me faire l'amour…

Hunter la fit pivoter pour mieux la regarder.

— La question n'est pas là ! Je vous prendrais là, sur-le-champ, si seulement j'étais sûr…

Sans achever sa phrase, il l'embrassa avec une sorte de rage puis, glissant la main entre eux, commença à lui caresser les seins.

Le moment de vérité avait sonné. Il allait enfin accéder à sa demande et l'emporter dans sa chambre. Bien sûr, il aurait été plus sage de garder le silence, mais ce n'était plus possible. Au risque de souffrir, elle devait se montrer parfaitement honnête avec lui.

D'un geste plein de tendresse, elle prit son visage entre ses mains et l'observa longuement avant de lui avouer :

— Hunter King, je suis morte de peur. Tant pis si je suis ridicule, mais… je t'aime !

Comme il s'apprêtait à lui répondre, elle posa un doigt en travers de ses lèvres pour lui intimer silence.

— Non, ne dis rien. Il n'y a rien à dire.

Gentiment, il lui mordilla le bout du doigt. Troublée, elle ne put s'empêcher de se serrer contre lui.

— Je… je ne te demande rien. Je n'ai même plus peur de l'avenir, ajouta-t-elle en souriant. Grâce à toi, je me suis souvenue de mes rêves. J'ai envie de les réaliser.

Hunter releva la tête après un dernier baiser.

— Je veux faire partie de cet avenir. Je veux être à tes côtés lorsque tu seras enfin diplômée, je veux voir grandir Emma et Drew !

— Mais… comment… ? Ce n'est pas possible !

— Petite sotte ! N'as-tu pas encore compris ? Si tu t'obstines à refuser de m'épouser, je suis bien décidé à employer la force ! Je t'enlève et te fais prisonnière, menaça Hunter en lui déposant un petit baiser sur le bout du nez.

— T'épouser ? Mais… tes parents… l'entreprise ?

— Ma vie est ici, avec toi.

Un bref instant, il parut hésiter puis reprit d'un ton déterminé :

— Nous nous débrouillerons. Si tu préfères rester ici…

— Plus maintenant. Je n'ai plus besoin de me cacher. Je suis libre ! Enfin, je n'ai plus peur !

— Tu ne m'as toujours pas répondu.

Que faire ? Etait-elle vraiment prête à brûler ses vaisseaux pour le suivre ?

— Oui, j'accepte de t'épouser, dit-elle dans un souffle.

Avec un cri de joie, Hunter la prit dans les bras et la fit tournoyer.

— Quand ?

— Quand tu voudras. Quand dois-tu reprendre ton travail ?

— J'ai déjà procédé à des changements, expliqua-t-il en la reposant. Tu m'as aidé à prendre conscience des priorités. J'ai demandé à mon père d'assumer la direction du groupe. A partir de maintenant, je me consacrerai aux relations avec les clients. Plus question de passer mes journées derrière mon bureau.

— Où habiterons-nous ?

— Peu importe, du moment que l'endroit te convient et que tu es heureuse.

Dany se blottit contre lui avant de chuchoter :

— Et maintenant… tu veux bien m'emmener dans ma chambre, s'il te plaît ?

A cet instant, juste derrière eux, ils entendirent des gloussements étouffés. Tournant la tête, ils découvrirent les jumeaux et Amos en train de les épier à travers les rideaux.

— Si vous vouliez être tranquilles, il ne fallait pas faire autant de bruit ! s'exclama Amos en sortant de la maison avec les enfants.

Hunter prit Dany par la main et avança d'un pas.

— Je viens de demander Dany en mariage, monsieur. Voulez-vous nous accorder votre bénédiction ?

— Bénédiction, mon œil ! riposta Amos. Je lui ai conseillé de vous épouser depuis le moment où je vous ai aperçu. Elle ne fait que suivre mon avis !

Du menton, il montra Emma et Drew.

— A mon sens, c'est à ces deux-là qu'il faut poser la question.

Hunter lâcha la main de Dany et mit un genou en terre devant Emma et Drew.

— Qu'en pensez-vous ? Voulez-vous bien de moi ?

Emma se mit à pouffer.

— Pour le mariage, je pourrai porter une robe de princesse ?

Du regard, Hunter quêta l'approbation de Dany.

— Entendu. Et toi, que désires-tu ? demanda-t-il en se tournant vers le petit garçon.

— Vous resterez tout le temps avec nous ?

— Tu peux compter sur moi. Je resterai jusqu'à ce que vous soyez fatigués de moi.

— Pas de danger !

Hunter lui ébouriffa les cheveux avant de se relever.

— Je crois que tout est réglé, dit-il à Dany. Combien de temps faudra-t-il pour pouvoir nous marier ?

— Tout peut être prêt avant la fin de ton contrat.

Avec beaucoup de tendresse, il lui effleura les lèvres.

— J'ai oublié de te demander… Dis-moi, quel était ton vœu ?

— Aimer et être aimée, vivre avec toi jusqu'à la fin de mes jours, avoua-t-elle en lui tendant ses lèvres.

Dès le 1er janvier 2007,

la collection *Azur*

vous propose de découvrir
8 romans inédits.

---

collection
Azur

---

8 romans par mois

Le nouveau visage de la collection Or

◆

AMOURS D'AUJOURD'HUI

Afin de mieux exprimer sa modernité et de vous séduire encore davantage, votre collection Or a changé de couverture et de nom depuis le 1er mars 1995.

Rassurez-vous, les romans, eux, ne changent pas, et vous pourrez retrouver dans la collection **Amours d'Aujourd'hui** tous vos auteurs préférés.

Comme chaque mois, en effet, vous y attendent des héros d'aujourd'hui, aux prises avec des passions fortes et des situations difficiles...

COLLECTION
AMOURS D'AUJOURD'HUI :
Quand l'amour guérit des blessures de la vie...

Chère lectrice,

Vous nous êtes fidèle depuis longtemps?
Vous venez de faire notre connaissance?

C'est pour votre plaisir que nous avons
imaginé un rendez-vous chaque mois
avec vos auteurs préférés, vos
AUTEURS VEDETTE dans les
collections Azur et Horizon.

Les AUTEURS VEDETTE vous
donneront rendez-vous pour de
nouveaux livres vedette.

Pour les reconnaître, cherchez
l'étoile... Elle vous guidera!

Éditions Harlequin

69 L'ASTROLOGIE EN DIRECT
TOUT AU LONG
DE L'ANNÉE.

(France métropolitaine uniquement)

Par téléphone 08.92.68.41.01

0,34 € la minute (Serveur JET MULTIMÉDIA).

Composé et édité par les
*éditions*Harlequin
Achevé d'imprimer en novembre 2006

BUSSIÈRE

GROUPE CPI

à Saint-Amand-Montrond (Cher)
Dépôt légal : décembre 2006
N° d'imprimeur : 62087 — N° d'éditeur : 12499

Imprimé en France